Kies voor mij!

Caja Cazemier

Kies voor mij!

Uitgeverij Ploegsma Amsterdam

Voor Friso

Kijk ook op:
www.ploegsma.nl
www.cajacazemier.nl

Lara zingt haar testosteronlied op de melodie van Chim Chim
Cher-ee, een lied uit de film *Mary Poppins* van Walt Disney, met
muziek van Richard en Robert Sherman.
De kennis van Katja en Christa over piemels hebben ze uit het
volgende boek gehaald: *Het kleine piemelboek* van Dan Höjer en
Gunilla Kvarnström.
De andere meiden hebben gebruikgemaakt van mijn
Survivalgids voor jongens.

Met dank aan Jelle, Eelke en Friso

ISBN 978 90 216 2081 7 | NUR 283/284

© Caja Cazemier 2007
Omslag: Studio Jan de Boer
© Deze uitgave: Uitgeverij Ploegsma bv, Amsterdam 2007

Inhoud

Brugmuziek

Sam schoof samen met zijn tweelingbroer in de derde rij van voren. 'Lekker vooraan!' zei hij.

Thom reageerde niet. Ze gingen zitten en Sam keek om zich heen. De kantine van het Carry van Bruggen College was voor de jaarlijkse muziekavond omgebouwd tot concertzaal.

'Hé Sam, hé Thom!'

Sam keek om zich heen wie hen riep. O kijk, dat waren Anne, Lara, Kirsten en Lieke. Ze zaten een paar rijen achter hen. De meiden uit zijn klas zwaaiden. Sam zwaaide terug. Thom stak een fractie van een seconde ook zijn hand op.

'Ik dacht dat Lara ook zou optreden, maar ze zit gewoon in de zaal,' zei Sam.

Thom haalde zijn schouders op en gaf geen antwoord.

Nou, dan antwoordde hij zichzelf maar: tot de pauze mochten de muzikanten zeker gewoon in de zaal blijven. Lara hoorde bij pop en modern, dat kwam na de pauze.

'Voor de pauze klassiek, na de pauze muziek!' had Daan gezegd. Hun vriend was niet zo erg van de klassieke muziek. Daan trad twee keer op, beide keren ná de pauze. Hij begeleidde Lara en speelde in de Brugband.

Weer keek Sam om zich heen. Het was aardig druk. Steeds meer leerlingen en ouders kwamen binnen en zochten een plaatsje uit. Wie waren er nog meer? Achteraan zaten nog een paar kinderen uit klas B1D. Er waren veel leerlingen uit de onderbouw, meer dan uit de bovenbouw.

Nu keek Sam op het programmablaadje dat ze bij de ingang hadden gekregen. Een paar mensen kende hij. Zouden ze zenuwachtig zijn? Hij wist uit eigen ervaring hoe dat voelde. En Daan? Sam zag hém nergens in de zaal zitten. Gelukkig had hij Daan net nog een sms'je gestuurd om hem succes te wensen.

Sam gaf Thom een elleboogstoot toen de directeur het podium beklom. 'Het gaat beginnen!'

'Dat zie ik ook wel!' snauwde Thom hem toe.

Sam keek geïrriteerd opzij. Hè, Thom kon nu toch wel eens normaal doen? Sinds Sam hem de brief had laten zien, was zijn broer niet te genieten.

Na de welkomstwoorden van de directeur beklom de eerste muzikant het podium. Verschillende instrumenten kwamen voorbij: piano, dwarsfluit, klarinet, viool, cello, iemand speelde zelfs harp. Er werd samen gespeeld: viool en cello, piano en cello, piano en fluit.

Sommigen speelden best goed hoor, maar Sams gedachten dwaalden aldoor af naar vanmiddag. Toen hij uit school thuis was gekomen, was de brief er. Het was een dikke envelop die de dansacademie gestuurd had. Er zat een brochure over de dansacademie in, informatie over de vooropleiding en een schoolgids. Sam had ze een voor een opgepakt en erin gebladerd. Als laatste had hij het aanmeldingsformulier voor de auditie in handen. Zaterdag 11 mei, maar dat wist hij al via internet. Hij had op zijn horloge gekeken: 28 maart. Al duurde het nog een eeuwigheid, zijn hart was vlugger gaan kloppen. Lag hier zijn toekomst?

Luisterend naar de muziek voelde Sam weer die opwinding en spanning. Hij zou heel graag de vooropleiding gaan doen, en dan later de dansacademie. Sam danste al vanaf zijn zesde jaar, samen met Thom. Ze hadden allebei gevoel voor dans, had de juf van de dansschool van het begin af aan gezegd, echte natuurtalenten waren ze! Zij had hen vorig jaar op de dansacademie gewezen: was dat niet iets voor hen? Kinderen vanaf tien jaar konden al op de vooropleiding terecht, maar ook als twaalf- of dertienjarige kon je worden aangenomen. Dan werd je voorbereid op een carrière als danser. Je had verschillende danslessen per dag, en dat combineerde je met je middelbare schoolopleiding.

Sam wist het nog als de dag van gisteren, dat ze daarmee kwam. Dan zouden ze niet naar het Carry van Bruggen College zijn gegaan, maar naar de school die nauw samenwerkte met de vooropleiding van de dansacademie. De school gaf allerlei vrijstellingen voor de dansleerlingen en in de bovenbouw maakte dans zelfs deel uit van je examenpakket. Stel je voor!

Sam was helemaal enthousiast geweest, Thom wat minder. Ze hadden er eindeloos over gepraat. Het mocht van hun ouders, al was het niet van harte: de school was immers ver weg en ze zouden door de week in de stad van de dansacademie moeten wonen, bij wildvreemde mensen in huis, omdat ze daar geen familie hadden. Dat was wel een punt, en dat was uiteindelijk ook de reden dat Thom het niet zag zitten. Sam had nog lang geaarzeld, maar had zich toen bij Thoms beslissing neergelegd: hij wilde het niet in z'n eentje.

Vanmiddag was Sam met de brochures naar Thom gegaan.

'Wat moet ik hiermee?' had hij gevraagd. Hij kneep zijn

ogen tot spleetjes en zijn stem klonk scherp toen hij erop liet volgen: 'Wat moet *jij* hiermee?'

Sam schraapte zijn keel. Hij gaf er de voorkeur aan alleen de eerste vraag te beantwoorden. 'Wil je ernaar kijken? Wil je het lezen? Wil je erover nadenken of...'

'Begin je nou alweer?'

Sam rechtte zijn schouders. 'Ja.'

'Ga jij dit doen?' Thoms stem klonk geprikkeld.

Sam antwoordde voorzichtig: 'Misschien...'

Zwijgend keken ze elkaar aan, afwachtend welke reactie de ander zou geven.

'Wil je er *please* naar kijken?' vroeg Sam nog een keer toen hij zag dat Thom alleen maar strak voor zich uit keek. Toen had zijn broer kort geknikt.

Sam werd opgeschrikt door applaus. De eerste helft van de avond was afgelopen. Het publiek stond op om wat te drinken te gaan halen.

Thom had de hele dag kortaf tegen hem gedaan, tot en met nu. Nou, hij bekeek het maar! Sam ging Daan opzoeken. Hij haalde wat te drinken en liep weg bij Thom. Eerst keek hij in de kantine, waar overal mensen stonden met een kopje koffie of een flesje cola, maar geen Daan. In de hal dan, of in de gang bij de kluisjes? Ook daar stonden leerlingen en hun ouders. Sam liep door, een eindje de gang in. Hij herkende andere muzikanten die straks zouden gaan spelen.

'Hebben jullie Daan gezien?'

Er werd nee geschud. Sam liep terug naar de hal. Daar leunde hij tegen de muur en probeerde het met een sms'je: 'waar ben je?' Maar hij kreeg geen reactie.

In een hoek van de hal stonden de meiden uit zijn klas:

Kirsten, Anne, Lara en Lieke. Lara zou het vast wel weten. Sam ging naar hen toe. Ze stonden druk te praten.

'We hebben ons gewoon laten gebruiken!'

'We moeten wraak nemen!'

'Nee, geen wraak! Dat is iets voor jongens.'

'Maar we kunnen dit toch niet zomaar pikken!'

'Nee, daar heb je gelijk in. We moeten wel iets doen!'

Waar hadden ze het over? Toen zagen ze hem. Het leek even of ze van hem schrokken.

'Hé, Sam, we hadden je niet zien aankomen.'

Sam keek het kleine kringetje meiden rond: Kirsten met haar springerige krullen, Lieke die in een eeuwig herhalende beweging haar lange haar achter haar oren dwong, Lara in een prachtige zwarte bloes en met lippenstift op, en tot slot een bleke Anne, met wie hij verkering had gehad aan het begin van het schooljaar.

'Weten jullie waar Daan is? Jij misschien, Lara?'

Lara slaakte een gil. 'O, ik moet naar hem toe! Ze staan verderop te wachten!' Weg was ze, de gang in.

Nou ja, dan bleef hij maar hier staan, bij de meiden. De muzikanten moesten zich concentreren, natuurlijk. Ze kletsten de pauze vol over school en over het lange weekend vrij dat ze nu hadden. Het was de donderdagavond voor Pasen.

De tweede helft van de avond was de muziek lekker. Sam swingde mee met zijn lijf. Zelfs Thom kon niet stil blijven zitten. Daan begeleidde Lara op zijn gitaar, terwijl zij prachtig zong. Die meid kon echt zingen! Hun optreden werd opgedragen aan Boyan, hun klasgenoot, die ook een vriend was van Sam en Thom. Leuk dat Daan dat deed! Boyan had een week geleden een ongeluk gehad. Het was stom genoeg zijn eigen schuld geweest – hij was zonder uitkijken de straat opgerend en toen aangereden door een auto. Sam was er niet bij geweest, maar Thom en nog een paar jongens uit de klas wel.

'We zijn ons rotgeschrokken,' had Thom hem die middag nog natrillend verteld. 'Boyan knalde zó over de motorkap heen.'

Als op één na laatste speelde de Brugband. Het was het eerste optreden van de band, die pas was opgericht en waarin alleen brugklassers zaten. Sam vond het knap van ze en vergaf ze de schoonheidsfoutjes. De avond werd afgesloten met een optreden van de bovenbouwband. Die was duidelijk beter, maar ja, dat was logisch. Een swingend einde van de muziekavond!

Na een langdurig applaus stroomde de zaal leeg. En daar was Daan ook weer. Breed grijnzend, in het zwart gekleed, zijn rode haar vlammend rechtop, en heel tevreden over de avond.

'Ik geloof dat ik later muzikant word,' zei hij.

Dat bracht de brief terug bij Sam. Een enorm gevoel van geluk overviel hem. En ik wil later danser worden, dacht hij. Dit was een belangrijk moment! Hij zou optreden, hij ging de theaters in, in binnen- en buitenland, dansen en beroemd worden! Zijn naam zou schitteren op affiches en ze zouden lovend over hem schrijven in de krant. Sam Severein! Ster van het Nederlands Dans Theater!

In ieder geval ging hij vanaf nu zijn best doen om zijn droom waar te maken! Sam keek peinzend naar Thom, die met hun klasgenoten stond te praten.

Wat zou hij doen?

gek van dans

'Oké, zoek een plaatsje allemaal! De les gaat beginnen!'

Sam, Thom en veertien meiden stopten onmiddellijk met hun geklets en verspreidden zich over de zwarte dansvloer, met genoeg ruimte tussen elkaar om de warmingup te kunnen doen.

Eva, van wie ze moderne dans hadden, liep naar de hoek van de zaal waar de muziekinstallatie stond en even later vulde de muziek de grote dansstudio.

Sam deed nog een klein stapje opzij, zodat hij zichzelf helemaal in de spiegel kon zien en concentreerde zich op zijn lijf. Voeten iets uit elkaar, knieën recht boven zijn voeten, buik- en bilspieren aantrekken, schouders naar beneden, rug lang en hals lang. Sam wiebelde even met zijn hoofd en voelde ten slotte dat hij goed stond.

Hij hield van dit moment op de vroege vrijdagavond: alles van het dagelijkse leven loslaten om zich te concentreren op zijn grote passie, dans! Dan liet hij de muziek tot zich doordringen en begon hij met bewegen. Eerst nog voorzichtig, eenvoudig. Vooroverbuigen, rug recht maken, terugrollen, door de knieën, op de tenen.

Eva gaf aan met welke oefening ze hun warming-up begonnen, daarna ging ieder voor zich verder. Je moest zelf de oefeningen bedenken, spier voor spier losmaken. Toen ze ermee klaar waren, zocht Sam via de spiegel de blik van zijn tweelingbroer. Dat deden ze vaker, en dan communi-

13

ceerden ze zonder woorden: 'Lukt het?' Of: 'Lekker, hè?' Maar vandaag niet. Vandaag lukte het Sam niet één keer de donkere blik van Thom te vangen.

In de spiegel zag Sam de hele groep van de jeugdopleiding Dans. Veertien meiden en maar twee jongens. Allemaal gek van dans. Allemaal gemotiveerd om tien uur per week te trainen.

Terwijl Eva weer naar de muziekinstallatie liep om de cd uit te zetten, tilde de een haar been hoog op, probeerde een ander een pas uit en praatte een derde met fladderende handen met haar buurvrouw. Niemand stond ooit stil hier in de zaal, behalve in uiterste concentratie vlak voor het begin van een dans. Ze waren allemaal in het zwart: de meiden in een balletpak, Thom en hij in een zwart hemd. Allemaal droegen ze een zwarte broek en zwarte sokken, een paar dansten op blote voeten. Sam liep naar Thom toe en zag zijn spiegelbeeld naast dat van zijn broer. Ze zagen er precies gelijk uit: zelfde lengte, zelfde lichaamsbouw, zelfde gezicht. Wel lastig voor hun docenten, Eva kon hen dan ook niet uit elkaar houden als ze aanwijzingen gaf. Ze zei dat ze zelfs hetzelfde bewogen.

Thom deed een stapje opzij. Sam wilde wat tegen hem zeggen, maar Eva stond weer voor de groep en riep: 'Oké, dat was goed! Zijn jullie warm? Mooi! Zoals jullie weten gaan we bij de eindvoorstelling twee moderne dansen doen, en de tijd dringt. Ik wil de hele les dáármee bezig zijn. Dus geen oefeningen vandaag, maar met beide choreografieën aan de slag! Weten jullie de eerste nog? Eerst maar doen! Kijken waar het misgaat.'

Een paar meiden lachten. Sam liep naar de plek waar hij moest beginnen, Thom stond juist aan de andere kant van de zaal. Sam wachtte op de muziek en zette zich in beweging. Het eerste deel wist hij nog wel, daarna moest hij spieken. O ja, en daarna? Ah, dan kwam dat stukje! Nou, dat ging dus niet helemaal goed. Eva stopte de muziek.

Gelukkig ging het bij iedereen een beetje rommelig. Eva legde nog wat passen uit: 'Rond, rond. Schouder, schouder. Op en direct been uit. Ook je hoofd meenemen! Vanaf daar helemaal lang. Lang, Thom! Láng, zei ik Thom!'

'*Ik* ben Thom,' riep Thom, maar Sam was al bezig zichzelf te controleren. Die lijn moest dus doorlopen. Daarna intrekken. Naar beneden. Ze dansten nu niet voor de spiegels, dus hij moest het vóélen.

Een meisje vroeg: 'Wat was de telling ook alweer?'

Ze dansten op Eva's 'een-twee-drie-vier'. Verder hoorde je het kletsen van blote voeten op de vloer, doffe ploffen als ze op de grond moesten, een gepiep als hun handen over de balletvloer streken, een vegend geluid bij een draai. En dan weer Eva's stem: 'Het ging ongelijk! Stap twee drie, en dan direct op!'

Ze moesten nog een keer en nog een keer. De muziek werd aangezet, maar Eva was nog niet tevreden: 'Meer actie! Kom op! Jullie waren te traag! Val! Kijk! Rond! Oké, beter zo.'

Eva gaf aan waar ze wilde dat ze varieerden: in groepjes, na elkaar of met hun gezicht een andere kant op.

Het tussenstuk moesten ze zelf bedenken. Daar gingen ze nu mee aan de slag: zelfwerkzaamheid, net als op school. Improviseren, alleen of met z'n tweeën, dat mocht ook. Overal in de zaal was beweging en waren er zwaaiende zwarte lichamen, armen en benen. Eva liep langs en corrigeerde een houding of een beweging. 'Ga breder staan, je moet groter dansen! Neem meer ruimte! Ja, mooi! Dat is beter.'

Daarna kwam min of meer een herhaling van de eerste helft. Nu het einde nog. Maar dat stelde ze uit. 'Het slot oefenen we volgende week!' zei ze.

Vervolgens dansten ze keer op keer de hele choreografie. Eva danste mee voor de groep, ze gaf de stijl aan en het tempo van de bewegingen. Sam kreeg het warm, de gezichten van de meiden begonnen te glimmen, iemand wapperde zich koelte toe door met haar handen te zwaaien. Eva was niet gauw tevreden: 'Ik wil meer passie zien! Geef jezelf! Nee, niet genoeg. Jullie dansen te mooi. Hou je van dans? Laat maar zien! Ik wil vuur! Hartstocht! Pássie!'

Sam deed zijn best het te laten zien. Hij voelde het wel, áltijd als hij danste. Hij was helemaal gek van dans, net als alle anderen. Het was een unieke opleiding die ze volgden, speciaal voor jongeren tussen twaalf en zestien jaar, drie jaar lang iedere vrijdagavond en de hele zaterdag. Als je verder wilde in dans, kreeg je hier alle mogelijkheden om je te vormen. Hun hoofdvakken waren modern, jazzdans, klassiek en dansexpressie, maar ze kregen ook andere vakken, zoals dansgeschiedenis en streetdance. En dan dansten ze ook nog op woensdagavond, bij hun eigen dansschool. Je was gek van dans of je was het niet. In totaal trainden ze twaalf uur per week. En toch wilde hij meer.

In de pauze zaten Sam en Thom samen in de jongenskleedkamer. Uit de meidenkleedkamer kwam op dat moment altijd een hoop gegil en gegiechel. Dat was het voordeel van zo weinig jongens: ze hadden een kwartier rust. Verder hadden ze er geen last van de enige jongens tussen zo veel meiden te zijn. De sfeer was goed, ze waren gewoon twee van de groep. Ze werden ook niet anders behandeld, of het moest zijn dat alleen zij de opdracht hadden gekregen zich thuis elke dag op te drukken. Ze moesten sterkere armspieren ontwikkelen om later die meiden op te kunnen tillen!

Maar deze pauze was niet als anders. Thom haalde zwijgend zijn handdoek over zijn gezicht, dronk stil van zijn flesje water, at zonder een woord te zeggen van de meegenomen sultana's en zijn appel.

'Hoe lang blijf je zo doorgaan?' riep Sam uit. 'Ik vind het rot als je aldoor niks tegen me zegt.'

Thom kwam onmiddellijk met zijn antwoord: 'Alsof het voor mij niet rot is. Ik dacht dat we vorig jaar samen hadden besloten om het níét te doen.'

Sam draaide zich half om zodat hij Thom kon aankijken. 'Vorig jaar is vorig jaar.'

'Ja, maar...' Thom hield zijn blik op zijn flesje water gericht. 'Nu moet ik er opnieuw over nadenken. Dat wil ik niet.'

Sam vroeg: 'Heb jij er nooit spijt van gehad dat we het niet gedaan hebben?'

'Nee.' Thom snoof. 'Waarom ben je niet tevreden met de dansopleiding die we nu doen?'

Sam wist precies waarom hij niet tevreden was. 'Ik wil écht goed worden. Ik wil de absolute top bereiken.'

Thoms antwoord was geen verrassing: 'Een tijdje geleden dacht je er nog anders over. Toen wilde je je eigen top bereiken. Je kon het zó mooi zeggen! Toen was de jeugdopleiding Dans nog goed genoeg.'

Thom had gelijk, wist Sam. Hij had een tijdje geprobeerd het dansen minder belangrijk te vinden. Achteraf kon hij zich niet eens meer goed herinneren waarom. Had het met de brugklas te maken? Zo veel leuke nieuwe vakken? De brugklasfeesten...? Of met zijn verkering met Anne? Hij wilde dat allemaal meemaken! Er was meer dan dansen alleen...

Thoms stem klonk boos toen hij verderging: 'Ik baal ervan. Straks moeten we uit elkaar...'

'Ga dan mee!'

Thom reageerde pissig: 'Ik had vorig jaar besloten dat ik dat niet wilde... En nu... Ik... Jij...' Hij hapte naar adem. 'Je gaat dan heel ergens anders wonen. Je moet keihard werken en hebt geen tijd meer voor vrienden.'

'Ik ben je broer, niet je vriend.'

'Maakt niet uit als het om tijd gaat!'

'Wel!' Nu verhief Sam zijn stem ook. 'Ik kom het weekend gewoon thuis.'

'Ja, en dan ben ík aan het trainen. En op zondag moet jij alweer weg.'

'Zondagavond pas.'

Dit schoot niet op. Ze zwegen weer. Thom was net zo gek van dans als hij, dat wist Sam zeker. Thom had het zelfs ooit mooier gemaakt dan het was: die wilde aan het begin van het schooljaar indruk op iedereen maken door te vertellen dat die woensdag ook bij hun opleiding hoorde. Maar dat was puur voor de lol. Hoewel... Dansen was altijd én serieus én puur plezier.

Hij wilde dit heel graag. Maar het liefst samen met Thom. Sam had het er al met zijn ouders over gehad. Ze hadden opnieuw toestemming gegeven.

Maar wát als Thom echt niet wilde? Sam schrok van die gedachte. Zonder Thom was hij een halve tweeling. Zou hij dan alléén gaan? Of toch maar niet? Nee, dat was onmogelijk... Maar het allerliefst wilde hij...

'Ga toch mee! Gaan we samen!' Sam riep het bijna uit.

'Kweetniet,' bromde Thom.

'Denk je erover na?'

Onwillig zei Thom: 'Goed.'

Na de pauze gingen ze aan de slag met de andere dans. Hier kenden ze nog maar een klein deel van, dus dat werd uitleggen, oefenen, herhalen en nog eens herhalen. Er was geen tijd meer om te piekeren. Het was hard werken.

Ze moesten in de beginopstelling staan, tussen twee gymbanken die de coulissen moesten voorstellen. Het was bijzondere muziek waarop ze dansten. Geheimzinnige klanken vulden de gymzaal en een lied in een onbekende taal bracht hen in beweging. Op de achtergrond waren een trommel, een onbekend snaarinstrument en een soort tamboerijn te horen. De stem trilde, donker en warm. De melodie herhaalde zich, ging op en neer, met verschillende trillers, en toen klonk een gerinkel als van glas. Een andere trommel mengde zich in het geheel. Een meeuw krijste er dwars doorheen.

Sam danste en dacht: als Thom nu niet wil, doe ik het dan toch?

en Boyan was de klos

Sam vond het een opluchting om die dinsdag na het lange paasweekend met een chagrijnige Thom zijn aandacht op andere dingen te kunnen richten: op de les en alles wat er in de klas gebeurde. En dan vooral het laatste.

Al voor schooltijd werd er op het schoolplein over Boyan gepraat. De klas kwam om hen heen staan zodra ze het schoolplein opkwamen.

'Hoe is het met Boyan? Komt hij weer op school?' En: 'Kunnen wij nou een keer bij hem langskomen?'

Boyan had bij het ongeluk zijn arm gebroken, zijn ribben gekneusd en een behoorlijk zware hersenschudding opgelopen. Hij moest het rustig aan doen en had nog veel hoofdpijn. Daarom was hij nog steeds niet op school.

Sam en Thom hadden allebei msn-contact met Boyan. Thom was aan het vertellen: 'Boyan is maar een paar uur per dag op. Zodra hij hoofdpijn krijgt, moet hij weer naar bed.'

'Heftig!' zei Malik.

'Die Boyan!' zei Jan-Hille.

'En hij wil nog steeds niemand zien?' vroeg Carli.

Thom schudde zijn hoofd. 'Nee.'

Thom was wel een keer bij hem thuis geweest. Sam niet, het was er gewoon nooit van gekomen.

'Maffe vent,' vond Ido.

En Bas vond dat Boyan er maar flink van moest genieten. Zo'n luie periode kwam natuurlijk niet gauw terug.

'Nou, het is anders wel rot, hoor,' verdedigde Thom zijn vriend. 'Zo veel pijn in je kop...'

'Ja,' viel Daan hem bij. 'Hij kan niet eens tv-kijken of muziek luisteren, daar krijgt hij ook koppijn van.'

Dat was wel erg, daar waren ze het allemaal over eens.

De bel ging, en de jongens liepen de school in. Daar ontmoetten ze de meiden, ook op weg naar lokaal 112. Zij vroegen ook naar Boyan, en wilden weten wanneer zij op ziekenbezoek konden gaan.

'Dat wil Boyan niet,' zei Thom weer.

'Echt niet? Of zeg je dat maar? Is dat weer zo'n geintje van jullie?' De meiden waren verontwaardigd.

'Nee echt, ik ben serieus,' zei Thom. En ook Daan zei: 'Geen bezoek.'

'Heel even maar.'

'Wil hij echt niet.'

'Waarom dan niet?'

Thom haalde zijn schouders op. 'Ik weet het niet.'

Dat weigerden de meiden te geloven. 'Jawel, dat weet je vast wel. Je wilt het alleen niet zeggen. Echt flauw hoor.'

'Nou, dan weet ik het wel. Hij heeft er geen behoefte aan. Hij wil gewoon niet. Ik kan er ook niets aan doen, toch?'

Sam hoorde aan Thoms stem dat hij geïrriteerd raakte. Ze hadden het verschillende keren op msn gezegd: 'De klas wil graag op bezoek komen. Ze willen dat echt heel graag!' Maar ze waren niet welkom. Eerst had Boyan geantwoord dat het vanwege de hoofdpijn was.

'Ook niet even?'

'Nee, ook niet even,' was het antwoord.

En later vroegen ze weer: 'En nu dan, nu je je wat beter voelt?'

'Het komt niet zo goed uit,' had Boyan toen gezegd.

En gistermiddag, toen Sam bij Daan thuis met Boyan aan het msn'en was, had hij botweg geschreven: 'Ik wil geen bezoek.'

Ze waren inmiddels bij het wiskundelokaal aangekomen en de les begon. Onwillekeurig dwaalde Sams blik naar de lege plek rechts voor in het lokaal, waar Boyan anders zou zitten. Tijmen zat er nu alleen.

Zou Tijmen meer weten? Was Tijmen eigenlijk bij Boyan op ziekenbezoek geweest? Sam wist het niet.

Boyan was niet de enige in de klas die apart deed. Tijmen was ook zo iemand. Niet alleen Sam, de hele klas was nieuwsgierig naar het verhaal van zijn leven, dat ze de dag na het ongeluk van Boyan maar heel in het kort hadden gehoord. Ze wilden meer weten over het pleeggezin waar Tijmen zat en over zijn moeder die in een inrichting woonde. Maar nee, Tijmen zonderde zich af en was weer net zo zwijgzaam als in het begin.

Dat was in januari geweest. Na de kerstvakantie was Tijmen bij hen op school gekomen. Onverschillig en ongeïnteresseerd had hij zich eerst afzijdig gehouden van de klas, van de meiden net zo goed als van de jongens. Hij vond hen saai en de school vond hij duf, had hij al snel tegen Boyan gezegd, die naast hem zat.

Eigenlijk was Tijmen schuldig aan Boyans ongeluk, had Sam zo vaak gedacht, maar dáár had hij niemand over gehoord. Indirect dan, want Tijmen was de aanstichter van die zogenaamde wedstrijd die een aantal jongens hadden gehouden. Tijmen had hen uitgedaagd: wie durft?! Zo had hij wat leven in de brouwerij willen brengen, had hij achteraf verteld.

Ze hadden stoer tegen elkaar opgebokst, de jongens van

de klas. Wie durft te roken, te spijbelen, te jatten, alcohol te drinken tijdens de les, tot en met graffiti en vandalisme toe! En dat ook in overtreffende trap: wie durft het vaakst... wie durft het meest... Dat soort flauwekul. Vond Sam. Hij had er niet aan meegedaan. Hij vond het een belachelijk spelletje. Natuurlijk was het uit de hand gelopen. En Boyan was de klos. Zo zag Sam dat.

Met het einde van de wedstrijd was voor Sam het einde aan een eenzame tijd gekomen. Omdat hij ervoor had gekozen niet mee te doen, had hij buiten de groep gestaan. En dat was niet leuk.

Thom had wel meegedaan. Dit was dus een van die dingen waarin ze een andere keus hadden gemaakt, Thom en hij. Thom wilde zich bewijzen. Thom wilde stoer zijn. Nou, voor Sam hoefde dat niet zo.

Hij zuchtte. Dat leverde hem een elleboogstoot op van Thom, die naast hem zat. Hij merkte nu pas dat er rumoer om hem heen was. Van Tiel, hun wiskundelerares, schreef het een en ander op het bord. De opdracht voor de rest van de les, en oefenstof voor het proefwerk, zag Sam. Of had Thom hem willen waarschuwen? Toch aardig. Sam haalde zijn agenda tevoorschijn en schreef de paragrafen over in zijn agenda. Daarna begon hij aan de sommen.

Alleen voor meiden!!!

Ook al leidde alles wat er op school gebeurde Sam af, Thom zat wel de hele dag naast hem. Ze maakten geen ruzie of zo, het was meer dat Thom nogal koel tegen hem deed. Ze liepen te midden van hun klasgenoten van de ene les naar de ander en deelden hun pauzes, maar met elkaar praten deden ze bijna niet.

Tijdens geschiedenis later die dag was het nogal onrustig in de klas. Het duurde even voor het tot Sam doordrong, want hij zat druk aantekeningen te maken. Als je oplette tijdens de les, scheelde dat altijd met huiswerk maken, en dus probeerde Sam in de klas zijn aandacht erbij te houden. Maar nu gebeurde er iets wat niets met de les te maken had.

Thom stootte hem aan. 'Zie je dat? Er wordt een briefje doorgegeven.'

Het was niet de eerste keer dat de geschiedenisles werd misbruikt voor communicatie binnen de klas. Talens, hun geschiedenisleraar, moest het lesgeven en orde houden nog een beetje leren. Dat was soms vervelend, want zo pikte je de leerstof niet goed op, en soms was het super, omdat het heel gezellig kon worden in de klas. En dat lag dan niet aan de middeleeuwen.

Maar deze actie was niet zo gezellig. Toen Kirsten, die achter hen zat, Sam op zijn rug tikte en vroeg: 'Wil je dit even doorgeven?' zag Sam het opgevouwen briefje waarop met grote letters stond geschreven: ALLEEN VOOR MEI-DEN!!! JONGENS, DOORGEVEN DUS!!!

'Nou ja, zeg! Dan moeten ze dat maar niet in de klas doorgeven!' zei Thom, die het ook had gezien. Ze schoven naar elkaar toe, zodat Kirsten niet kon zien wat ze deden: het briefje openmaken. In dezelfde zwarte blokletters stond er: VRIJDAG 10 MEI!!!

Sam trok zijn wenkbrauwen op. 'Wat, 10 mei?' fluisterde hij.

'Hm,' bromde Thom. Hij nam het briefje van Sam over en keek op de achterkant. Die was verder leeg. 'Teleurstellend.'

Sam haalde zijn schouders op. 'Het zal wel.'

Hij kreeg een nieuwe por in zijn rug. 'Doorgeven!' siste Kirsten.

Thom vouwde het papier weer dicht en gaf het door. Natuurlijk volgden ze met hun blik het briefje op zijn reis door de klas. Ook de andere jongens konden hun nieuwsgierigheid niet bedwingen en allemaal hadden ze vraagtekens in hun ogen. De meiden leken het wél te snappen! Ze knikten, en schreven giechelend iets in hun agenda.

Thom wees Sam erop. 'Misschien kunnen we één van die agenda's even inkijken!' Maar Kirsten bewaakte die van haar heel zorgvuldig en die van de meiden voor hen waren vliegensvlug weer in hun tassen verdwenen.

Na geschiedenis gingen alle jongens bij elkaar in de kantine zitten.

'Wat gebeurt er vrijdag 10 mei?' vroeg Daan.

Ze haalden hun schouders op of schudden met hun hoofden.

'Oké, dan moeten we dus zien dat we een agenda kunnen afpakken, kijken wat ze erin hebben geschreven,' zei Thom. 'Dat zal niet eenvoudig zijn.'

'De onverwachte aanval is altijd de beste,' zei Ido. 'Je loopt langs de tafel en grist zo'n roze boekje mee.'

'Je kijkt bij 10 mei en geeft daarna de dame vriendelijk glimlachend haar eigendom terug,' voegde Bas eraan toe.

'Wie doet dat?' vroeg Thom.

'Wij allemaal,' zei Daan, 'zodra we de kans krijgen. Misschien dat Anne er iets anders in heeft geschreven dan Lara of Lieke.'

Daan noemde nu de meiden op die naast en voor hem zaten. Sam keek de kring eens rond en kreeg een beetje een ongemakkelijk gevoel. Hij wilde niet betrokken raken bij wat de jongens nu weer zouden organiseren om zich te vermaken. Zodra hij het idee kreeg dat hij aan een nieuw spel mee moest doen, haakte hij af. Aan de andere kant wilde hij er niet wéér buiten staan...

Maar de actie leverde niets op, behalve verontwaardigd gegil en stom gegiechel van die meiden. De jongens meldden het elkaar aan het einde van de volgende dag: 'Er staat alleen maar een uitroepteken in hun agenda's bij 10 mei!'

Sam stond er weer bij en luisterde naar zijn klasgenoten.

'Wat kan dat betekenen?'

'Geen idee!'

'Hebben ze allemaal een uitroepteken bij 10 mei in hun agenda gezet?'

'Ja.'

'Dat is dus afgesproken werk!'

'Ze doen dan iets waar wij niet bij mogen zijn, dat is duidelijk!'

'Maar waarom geven ze dat briefje dan onder de les door? Hadden ze geen ander moment kunnen uitkiezen om iets af te spreken?'

Toen riep Thom uit: 'Nee, ik weet het al! Het was juist de bedoeling dat wij het lazen!'

De anderen knikten heftig. 'Ja, natuurlijk! Dat is het!'

'Waarom?'

'Zouden ze ons terug willen pakken?'

Het was Daan die dat zei. Er viel een korte, ongemakkelijke stilte. Allemaal tegelijk begonnen ze weer te praten, maar het werd zo'n kabaal dat Sam er niets meer van kon verstaan. Hij keek van de een naar de ander. Weer waren alle jongens bij elkaar, ook zij die niet met de wedstrijd hadden meegedaan, alleen Tijmen ontbrak.

Die wedstrijd... De jongens hadden dus ook de meiden te pakken genomen: wie durft er te tongzoenen? En wie zoent de meeste meiden? De verkeringen gingen sneller weer uit dan dat ze aanraakten en de meiden voelden zich misbruikt. Kwaad dat ze waren! En terecht!

Hij paste er wel voor op dat hardop te doen, maar Sam had zin om te lachen. Zouden de meiden de jongens echt terug gaan pakken? Het zou heel goed kunnen, natuurlijk. Ineens herinnerde hij zich iets... Had hij de meiden er niet over horen praten? Maar wat hadden ze ook alweer gezegd?

Sam ving nu woorden op als 'wraak', 'opletten' en 'elkaar waarschuwen'. Kijk die gezichten van zijn vrienden nou! Bloedserieus stonden ze de mogelijkheden te bespreken, alsof ze iets vreselijks te wachten stond! Dat kon nog leuk worden!

IK wil danser worden

Sam vond het moeilijk om niet steeds aan Thom te vragen: 'En? En? Wéét je het al?'

Een antwoord van Thom bleef uit. Sam keek Thom zo nu en dan vragend aan, maar Thom keek langs hem heen. Thuis was de spanning tussen hen kennelijk voelbaar, want die week vroeg Sams moeder op een avond aan tafel, terwijl ze van de een naar de ander keek: 'Is er iets?'

'Nou ja...' begon Sam.

'Nee hoor,' zei Thom.

Ze keken elkaar aan. Stil, niet over praten! Waarom niet? Maar hun moeder konden ze niet voor de gek houden. 'Nou, als we moeten bemiddelen, horen we het wel,' zei ze.

Sam had het aanmeldingsformulier voor de auditie wel ingevuld, maar nog niet verstuurd. Toen het opnieuw vrijdag was, en dus tijd om weer te trainen, had Thom nog steeds geen antwoord gegeven. Ze trokken zwijgend hun danskleren aan. In de zaal kletste Sam wat met een paar meiden en Thom praatte met andere meisjes.

En in een flits schoot Sam iets te binnen. Zou dat ermee te maken hebben, al die meiden? Daar was Thom gevoelig voor, wist Sam. En het ging er niet om dat ze zich niet prettig voelden tussen al die meiden, nee, dat ging goed, het probleem lag bij de mensen rondom hen. Dansen is voor meisjes, vond iedereen. Een jongen die danst, is homo. Zo redeneerde 'men'. Goh, wat hadden ze een commentaar gehad op school, op de basisschool net zo goed als in de brug-klas. En daar had Thom moeite mee.

Eva kwam de dansstudio binnen en ze begonnen met een uitgebreide warming-up. Alle spieren kwamen aan bod, alle ledematen kregen een beurt. Daarna deden ze een aantal oefeningen, gebaseerd op die bewegingen van de choreografie die niet zo goed gingen. Daarna gingen ze aan de slag met beide dansen.

Sam werkte zich in het zweet. Heerlijk! Zijn lijf voelde los en soepel, alsof hij alle bewegingen zou kunnen uitvoeren. Niets was minder waar, wist Sam. Hij kon altijd nóg hoger springen, zijn been verder optillen, zijn spagaat soepeler maken. Hij moest zijn ruggengraat leniger maken, hij kon niet genoeg achterover buigen. Hij wilde alle kronkels kunnen maken die met zijn lichaam mogelijk waren. Onderzoeken hoe ver hij kon gaan met zijn lijf: dát wilde hij.

Hij hoorde Eva weer door de muziek heen roepen: 'Groter! Kom op! Feller! Draai! Kijk! Hoger dat been, hóger! Op de maat! Nee, te vroeg, Joyce! En nú en nú en drie en vier.'

Toen de muziek zweeg, gaf ze persoonlijke aanwijzingen. 'Madeleine, na de tweede en derde keer vallen sta je in één keer op. Alleen bij de eerste heb je meer tijd. Else, als jij wilt checken waar je bent, prima, maar niet te opvallend omdraaien. Tassoula, dat was beter zo, die lijn was nu recht. En jij staat bij de draai niet hier, maar hier.' Eva nam Benthe mee bij haar schouder en verplaatste haar een meter. 'Anders sta je achter... eh... Nee, wacht!' riep ze uit toen ze zag dat Thom zijn mond open wilde doen. Haar blik gleed even door de zaal, alsof ze zijn naam ergens zocht. Ze vond hem wel. 'Thom!' riep ze uit.

Triomfantelijk keek ze Thom aan. Die grijnsde. Het grappige was dat Eva, hoe vaker ze een choreografie oefenden, steeds beter wist wie wie was. Sam had haar truc-je ontdekt: dan onthield ze wie aan welke kant van de choreografie begon en wist ze op grond van hun plek in de ruimte dat Thom Thom moest zijn.

In de pauze zuchtte Thom, met de handdoek waarmee hij zijn bezwete gezicht had afgedroogd nog in zijn hand: 'Hè, lekker gedanst.'

'Ja hè, ik ook.' Hoopvol keek Sam hem aan. Was dat een goed teken?

Thom pakte een appel en beet erin. Zonder enige overgang zei hij ineens: 'Je moet heel hard trainen.'

Sam wist direct dat Thom het over de vooropleiding had. En over een leven als beroepsdanser. 'Geeft niet. Ik doe dan wat ik het liefste doe,' antwoordde hij.

'En school ernaast is zwaar. Je traint dan elke dag. Het is zwaarder dan wat wij nu doen.'

'Best. Geeft niet. Doe ik graag.'

'Je bent altijd moe. Je hebt altijd pijn in je voeten.'

'Dat heb ik er voor over.'

'Je hebt nooit meer tijd om naar de bios te gaan of zo. Nooit meer eindeloos gamen. En geen verkering meer. Daar heb je dan ook geen tijd meer voor.'

Waar was Thom mee bezig? Aantonen wat een waanzin het was dit te willen? Sam antwoordde al niet meer. Hij wachtte af wat er nog meer kwam.

'Je kunt vast niet meer lekker bikken,' ging Thom verder. 'Je moet natuurlijk net als die meiden op je gewicht gaan letten. Ze zullen je nog veel meer een mietje vinden. Nu is het nog maar je hobby...'

Nu moest Sam wel reageren: 'Hou op! Je haalt naar beneden wat we nu hebben. Het is geen hobby. Het is méér.'

Maar Thom ging onverstoorbaar door: 'Je moet stoppen

met dansen als je drieëndertig bent. Dan kun je het lichamelijk niet meer opbrengen.'

Jeetje, Thom haalde echt alles uit de kast. Met wat voor argument kwam hij nou aan! Dat was nog zó ver weg!

'Je kunt choreograaf worden of dansleraar,' zei Sam toch maar. En dat was nooit een reden om het niet te doen. Er waren geen redenen om het wel of niet te doen. Er was maar één groot gevoel: hij móést dit doen. Iets anders wilde hij niet.

Misschien, heel misschien was er maar één persoon die hem kon tegenhouden. Of toch niet? De ene dag was hij vastbesloten, de andere dag... Het was maar een klein kriebeltje twijfel. Maar toch... Hij wilde zo vreselijk graag dat Thom ook... Thom had er in ieder geval over nagedacht! Hij was ermee bezig, dat kon niet anders.

Voorzichtig zei Sam: 'Thom, je bent niet automatisch een mietje als je danst. Dansers zijn ook stoer met hun getrainde lichamen. Dansen is topsport.'

Op dat moment stak Eva haar hoofd om de hoek van de kleedkamer. 'Komen jullie ook? We gaan weer beginnen.'

Ze hadden het niet gehoord, maar de muziek stond al aan. Sam en Thom keken even naar elkaar, en stonden toen op om de studio in te gaan. Ze schudden hun spieren los, zwaaiden met hun armen en begonnen weer met de les.

Sam danste en dacht: ik wil het wél. Ik wil danser worden. Ik weet het zeker, ik wil de beste danser worden van... van... Nou ja, gewoon héél goed wil ik zijn.

Later op de avond, voor hij in zijn eigen kamer verdween om te gaan slapen, zei Thom plotseling: 'Het gaat er alleen maar om dat ik niet wil dat je weggaat.'

En hij gooide de deur met een knal achter zich dicht.

seksuele voorlichting

'Meneer!'

Het was Kirsten die haar vinger opstak aan het begin van de eerstvolgende les biologie, maandag het vierde uur.

Meneer Van der Linden keek op. 'Ja, Kirsten?'

'Zouden wij misschien een keer seksuele voorlichting mogen hebben? De volgende les of volgende week of zo?'

Sam draaide zich verbaasd om naar Kirsten. Hij was de enige niet, ineens waren alle ogen op haar gericht, er werd gelachen en hier en daar klonk bijval: 'Ja! Goed idee!'

'Waarom wil je dat?' De leraar had zijn krijtje neergelegd en veegde het stof van zijn handen. 'Het staat niet op het programma.'

'Het leek ons heel nuttig. We zouden er wel iets meer over willen weten.'

We, dacht Sam, wie zijn 'we'? De meiden? Is dit onderdeel van dat geheimzinnige gedoe rond 10 mei?

Van der Linden bladerde even in zijn boek, en keek daarna in zijn agenda. 'We hebben niet veel ruimte om te schuiven met de theorie. Over twee weken hebben jullie proefwerk. En we hebben nog niet alles gedaan.'

'Ah, toe nou, meneer! Eén lesje maar!' smeekte Lieke.

'Volgend schooljaar komt dat allemaal uitgebreid aan de orde.'

'Maar we hebben nú behoefte aan die informatie!' zei Kirsten. 'Dat kan toch?'

Dat lokte natuurlijk reacties uit van de jongens. Ze floten en riepen: 'Hé, wat ben jij van plan?' En: 'Nu al?'

Sam moest Kirsten nageven dat ze zonder blikken of blozen hun gejoel negeerde. Ze bleef de leraar aankijken.

'Ik moet er even over nadenken, Kirsten,' beloofde die uiteindelijk. Daarna begon de les.

Sam boog opzij, naar Boyan die vandaag voor het eerst weer op school was en met biologie altijd naast hem zat. Het biologielokaal had een andere opstelling dan de andere lokalen: er waren lange tafels, waar je met z'n zessen aan zat.

'Het schijnt dat de meiden iets geheimzinnigs organiseren, waarvan wij buitengesloten worden. Heb je dat al gehoord?'

Boyan knikte. 'Op msn!'

Hij was vanmorgen met gejuich ontvangen door de klas en iedereen, jongens en meiden, was om hem heen gaan staan. Ze wilden allemaal weten hoe het met hem was én natuurlijk waarom hij geen ziekenbezoek wilde.

Boyan had de groep eens rondgekeken. 'Te veel koppijn. Dan kun je niks hebben, snap je?'

Dat klonk aannemelijk. 'Maar we wilden niet lang, hoor. Gewoon even iets brengen.'

Boyan schudde alleen zijn hoofd en vroeg toen gauw: 'Willen jullie je naam op mijn gips zetten?' Hij hief zijn rechterarm op.

Dat wilden ze allemaal. Ondertussen vroegen ze hoe het met hem was.

'Wel goed, maar ik ga deze week eerst alleen 's ochtends naar school.'

Toen hun namen op het gips stonden, kon de les beginnen.

Sam zag dat Kirsten en Lieke aan het eind van het uur

naar Van der Linden toe gingen. Ze begonnen tegen hem te praten. Waarover kon Sam niet verstaan, maar hij kon het wel raden.

Alle jongens dachten er hetzelfde over: de meiden voerden iets in hun schild. Maar wat? Had Kirstens vraag er iets mee te maken? Hoe dan ook, een les seksuele voorlichting wilden zij best krijgen!

En ze kregen die dezelfde week nog.

'Goed,' begon Van der Linden vrijdag het vijfde uur, 'op verzoek van een aantal van jullie heb ik besloten een les in te voegen over een geheel ander onderwerp dan de werkwijzer voorschrijft. Maar het is wel een onderwerp van het allergrootste belang. Zonder seksualiteit zou de menselijke soort uitsterven.'

De meiden zaten met een triomfantelijk gezicht naar de leraar te luisteren. Maar natuurlijk had hij ook de volle aandacht van de jongens.

'Gelukkig is het een erg prettige bezigheid,' ging Van der Linden verder. 'Dus de mensheid hoeft niet bang te zijn dat er niet meer aan seks gedaan wordt. Toch kleven er wat haken en ogen aan. Ik wil niet alleen iets vertellen over het máken van nieuwe menselijke exemplaren, maar ook over het níét maken van baby's.'

Gegiechel alom. Niemand praatte, maar er was wel veel geschuifel van voeten en gedraai op de stoelen. Verwachtingsvolle onrust.

Van der Linden sloeg het dichtgeklapte bord open. Daar stonden twee tekeningen: de geslachtsorganen van een meisje en de geslachtsorganen van een jongen. Natuurlijk werd erom gelachen, maar Van der Linden zei doodleuk: 'Een van de twee tekeningen moeten jullie goed kennen.

Hoewel,' corrigeerde hij zichzelf, 'bij de meiden ligt er het een en ander onzichtbaar in hun buik weggestopt. Maar deze organen zorgen er dus voor dat die menselijke soort blijft bestaan. Al moet je daar wel wat voor doen.'

Weer gelach. Iemand wilde lollig zijn en begon te kreunen.

Van der Linden reageerde niet en begon rustig met zijn uitleg bij de meisjestekening: 'Kijk, hier bewaart een meisje haar vierhonderdduizend eitjes. Wist je dat zij die al vanaf haar eigen geboorte bij zich draagt? Onder invloed van de geslachtshormonen oestrogeen en progesteron wordt iedere maand één van die eitjes rijp, vanaf dat een meisje een jaar of twaalf is.'

De leraar wees de weg aan die het eitje aflegde en vertelde over menstruatie en bevruchting.

Sam hield zijn blik strak op het bord gericht, bang dat hij zou zien dat een ander zijn rode wangen zag. Maar ook aan het onrustige bewegen kon je horen dat er meer waren die zich niet helemaal op hun gemak voelden bij het horen van al deze woorden. Toen hij toch stiekem rondkeek, zag hij allemaal ernstige gezichten, roder dan anders, maar nauwkeurig in de plooi gehouden.

Daarna ging Van der Linden bij de jongenstekening staan. 'Dan hebben de heren het anders georganiseerd. Hun ballenfabriek maakt voortdurend nieuwe zaadcellen aan, 72 miljoen per etmaal! Zodra die is opgestart, zo ergens tussen je elfde en je zestiende verjaardag, gaat dat je hele verdere leven zonder onderbreking door.'

De meisjes giechelden weer. Sam kreeg het gevoel dat zij niet anders deden deze les, zeker toen de leraar vertelde over zaadlozingen, en vervolgens overging naar de kansen op zwangerschap.

Sam bedacht dat hij het meeste wel wist. Nou ja, redelijk wat. Toch was het goed om alles eens op een rijtje te hebben. Sommige dingen was hij alweer kwijt, zoals dat een meisje net zo goed van de eerste keer zwanger kon worden.

'Zal ik jullie wat cijfers geven over de eerste keer?' was het voorstel. Van der Linden wachtte het antwoord niet af, maar pakte een krijtje en schreef al pratend een paar getallen op. 'Gemiddeld zijn jongeren in Nederland bij hun eerste keer 16,7 jaar oud. Ze waren natuurlijk al eerder seksueel actief. Met 14 jaar wordt er begonnen met tongzoenen. Als ze 15 jaar zijn, strelen ze elkaar óveral en naakt vrijen gebeurt gemiddeld op een leeftijd van 16,3 jaar. Hoeveel jaar zit er dus tussen de eerste zoen en de geslachtsgemeenschap?'

Ze riepen allemaal door elkaar en even was er een aangenaam moment van ontlading.

Van der Linden glimlachte. 'Oké, tweeënhalf jaar. Je ziet, Kirsten, je hebt nog alle tijd.'

Alle ogen draaiden weer naar Kirsten, die breeduit lachte.

'Bij die eerste keer,' ging Van der Linden verder en zijn krijtje tikte tegen het bord toen hij de getallen opschreef, 'gebruikt 44% de pil, 76% een condoom, 35% pil én condoom en 15% niets!'

Om dat laatste goed door te kunnen laten dringen, zweeg de leraar even. Toen zei hij: 'Ja, want daar moeten we het ook nog over hebben: veilig vrijen. Seks is niet alleen maar leuk. Behalve zwanger, kun je er ook ziek van worden. Speciale ziektes zijn dat, waarbij je je niet eens ziek hoeft te voelen, maar die ondertussen wel mooi je vruchtbaarheid aantasten. Of niet mooi, natuurlijk. Ja, lach er maar om,' zei hij tegen de leerlingen op de voorste bank. 'En nee, Ido, "lekker makkelijk" is het ook niet. Op het moment dat je kinderen wilt, huil je erom.' Hij keek de hele klas weer aan: 'Wie weet hoe die ziektes heten? Juist, soa's natuurlijk, seksueel overdraagbare aandoeningen.'

Hij ging verder met het bespreken van voorbehoedmiddelen. Sam bedacht dat ze nog nooit zo lang stil hadden zitten luisteren. Hij wilde wel vaker zo'n les! Die ging uiteindelijk supersnel voorbij. Toen Van der Linden aankondigde dat hij ging afronden, keek Sam op zijn horloge: nu al?

'Tot slot een paar opmerkingen over seksueel gedrag. Je kunt heel goed seks hebben in je eentje, maar op een gegeven moment zul je dat ook met z'n tweeën willen doen. Dus ben je hevig geïnteresseerd in die ander en ga je wat om hem of haar heen hangen. Je wilt tenslotte wat van die ander. Ga vooral met respect met elkaar om! Ga bij jezelf na wat je wel en niet wilt. Maar die ander heeft ook zo zijn specifieke wensen. Als die niet overeenkomen met wat jij wilt, zul je daar samen over moeten praten. Praten over seks is moeilijk, maar je kunt niet zomaar uit jezelf weten wat de ander wil. Dat zul je elkaar toch gewoon moeten vertellen. En iedereen heeft zijn grenzen. Geef die van jou aan en accepteer die van een ander!'

Van der Linden wees naar de tekeningen op het bord. 'Jongens en meiden verschillen van elkaar, dat zag je hier al, maar er zijn geen aparte jongens- en meisjestaken. Iedereen kan beginnen met afspraakjes maken, of met vrijen. Net zo goed als je zelf mag beslissen op welke manier je jongen of meisje wilt zijn.'

Op dat moment ging de bel. In tegenstelling tot andere

lessen, waarbij ze na de bel onmiddellijk het lokaal uit-stormden, bleven ze nu nog zitten.

Van der Linden keek hen aan. 'Er valt veel meer over seks en relaties te zeggen, jongens en meiden. Maar dat komt later aan de orde.' Hij verhief zijn stem. 'Het is tijd! Huiswerk voor de volgende les: hetzelfde als voor vandaag.'

Met veel lawaai en met opvallend rode koppen verliet klas B1D het biologielokaal.

De laatste woorden van Van der Lindens verhaal echoden nog lange tijd in Sams hoofd. Over die laatste opmerking wilde hij het wel met Thom hebben!

weet je het al?

Het kwam er zaterdag pas van, na de training. Ze hadden aan de choreografie klassiek gewerkt voor de eindvoorstelling, en verder hadden ze stemtraining en dansexpressie gehad.

Maar Sam begon eerst over iets anders: 'Ik heb het aanmeldingsformulier nu twee weken in huis. Ik wil het opsturen.'

Thom keek hem niet aan. 'Je doet maar,' zei hij.

Ze waren samen thuis, en speelden Mario Tennis tegen elkaar op de Nintendo.

'Ik weet het zeker: ik wil die opleiding heel graag doen.'

Thoms stem klonk verbaasd toen hij antwoordde: 'Ik wist niet dat het nog een vraag voor jou was.'

'Omdat jij nog niet weet of je meegaat...'

'Wel ja, geef mij de schuld maar!' Thom gaf een rake klap met zijn racket en won de partij.

'Zullen we een andere baan kiezen?' zei Sam. 'Jij begint.'

Zwijgend sloegen ze de bal heen en weer. Toen vroeg Sam: 'Wéét je het al?'

'Of ik me ook wil opgeven voor de auditie?' Thoms stem schoot de lucht in.

Met zijn verdedigende powermove liet Sam Thoms mannetje op de tv in het rond tollen.

'Ja, wat anders!' Sam schoof de controller van zich af. Hij maakte zich ineens kwaad. 'Ik heb je een vraag gesteld, twee weken geleden al! En ik wil antwoord. Vind je het gek dat ik wil weten wat jij wilt? Ik wil daarheen, maar ik wil toch ook dat jij meegaat!'

Thom schoof van Sam af, zijn stem ook op de ruziestand: 'Jij doet het jezelf aan, hoor! Voor mij hoeft het niet. Wat mij betreft, blijft alles zoals het is.'

'Dus je gaat de uitdaging niet aan?'

'Dat is gemeen! Je weet niet hoe het voor mij is!'

'Je durft niet! Je laat mij alleen gaan!'

'Nee, *jij* laat *mij* in de steek!' Thom was echt kwaad nu.

Sam sprong overeind. Met zijn benen wijd en zijn handen tot vuisten gebald stond hij op Thom neer te kijken en snauwde hij: 'O ja? Maar heb jij mij niet net zo goed in de steek gelaten? Hè? Al die weken dat jullie met die stómme wedstrijd bezig waren! O, wat waren jullie stoer! Heb jij je toen wel eens afgevraagd hoe ik me voelde? Nou, ik hoef niet stoer te zijn. Dan maar een mietje. Als ik maar kan dansen.'

Thom stond ook op van de bank en liep langs Sam de kamer uit. 'Klootzak! Je doet het erom!' riep hij.

De deur knalde dicht achter Thoms rug. Sam kneep zijn lippen op elkaar, pakte de controller van de grond en speelde alleen verder.

Na een kwartier sloot hij het spel af en hij liep naar boven. Hij klopte op Thoms deur en riep er dwars doorheen: 'Sorry! Dat was niet eerlijk van mij.'

Het duurde even, maar toen ging de deur toch open. Thom keek hem aan, maar zei niets. Sam zag aan de blik in zijn ogen dat hij het moeilijk had. Ze bleven op de gang staan toen hij zei: 'Weet je nog wat Van der Linden zei aan het einde van biologie?'

Thom knikte.

'Nou dan. Jij kiest wie je bent.'

'Ja.'

'Daarin heb je alleen met jezelf te maken. En wat anderen vinden...'

'... doet er niet toe,' vulde Thom aan. 'Maar dat is best lastig om je daar niks van aan te trekken.'

Sam knikte. 'Weet ik.'

'Maar,' zei Thom, 'of je hetero of homo bent, kies je niet zelf.'

'Hé, hallo!' riep Sam uit. 'We zijn dertien!'

'Ik ben bang dat ik op zo'n dansacademie vanzelf homo word.' Thom zei het met een scheve grijns op zijn gezicht, alsof hij zelf wel wist hoe stom het klonk.

'Weet ik,' zei Sam.

'Maak jij je daar nooit druk om?' vroeg Thom.

'Eigenlijk niet. Als ik maar danser kan worden.'

Het was waar: Sam hield zich daar niet mee bezig. En als iemand hem ooit had uitgescholden voor homo, kon hij zijn schouders erover ophalen. Maar Thom was anders.

'Ooit verliefd geweest op een jongen?' vroeg Sam.

'Nee.'

'Nou, dan.'

'Maar ook niet op een meisje. Niet echt.'

Sam trok een gek gezicht. 'Nou en? We zijn nog hartstikke jong.'

'Sorry,' zei Thom nu. Hij gaf met zijn vuist een vriendelijke por tegen Sams bovenarm. Sam stompte terug.

Van beneden klonk de voordeur die open- en weer dichtging, gevolgd door gerinkel van flessen. Dat waren hun ouders, die terugkwamen met de boodschappen.

Sam draaide met een soepele beweging om zijn as. 'Nou, dan loop ik nu nog even naar de brievenbus.'

'Goed.'

Thom ging nog niet terug naar zijn kamer, Sam liep de trap nog niet af naar beneden.

'De auditie is pas 11 mei en dat duurt nog eeuwen,' zei Thom. 'Ik kan me altijd nog opgeven.'

'Ja,' zei Sam. 'Dan ga ik dat nú doen.'

De envelop met het aanmeldingsformulier voor de auditie lag al die tijd op de plank boven zijn bureau te wachten. Sam pakte hem en liep de trap af.

'Ik ga nog even weg, hoor,' zei hij tegen zijn moeder die samen met Alex, zijn stiefvader, in de keuken boodschappen aan het opruimen was.

Ze keek op. 'Oké. Blijf je niet te lang weg? We gaan zo eten.'

'Nee, alleen naar de brievenbus.'

Die was twee straten verderop. Sam checkte de postcodes en hield de envelop een moment lang liefkozend vast. Hij dacht aan dat enorm grote gevoel van energie en plezier als hij danste. Kiezen tussen dans en Thom? Hij had geen keus, dit moest hij doen. Dit was wat hij wilde. Zijn besluit stond vast.

Sam strekte zijn hand uit naar de tanden van de brievenbus en liet de envelop los.

Ja, dag!

Hierna begon het wachten. Wachten tot de uitnodiging voor de auditie binnen zou komen, wachten tot het 11 mei was. Elke dag hoopte Sam dat Thom zou zeggen: 'Ik heb ook een aanmeldingsformulier aangevraagd.'

Gelukkig werd hij afgeleid door wat er in de klas gebeurde, leuke en minder leuke dingen. Ze kregen bijvoorbeeld hun rapport. Het stond met vette letters in zijn agenda geschreven op dinsdag 16 april, het zevende uur. Net als bij het eerste en tweede rapport hadden ze voor één keer weer een mentorles van mevrouw Scheltema, op het uur waarop ze normaal gesproken hulplessen hadden. De indeling daarvan zou met ingang van volgende week ook weer anders worden, dacht Sam. Misschien moest hij er de laatste periode ook wel heen! Hij verwachtte een onvoldoende voor wiskunde. Verder maakte hij zich niet zo druk om zijn cijfers. Ze waren goed genoeg.

Anderen maakten zich wel druk, aan het kabaal te horen toen het uur begon. Mevrouw Scheltema stond voor de klas met de cijferlijsten in haar hand. Elke keer kregen ze een papier met daarop hun cijfers, dat ze in het rapportboekje moesten stoppen dat ze aan het begin van het schooljaar hadden gekregen. Sam had het vanmorgen in zijn tas gedaan.

Mevrouw Scheltema liep door het lokaal en deelde de cijfers uit. Sam zag en hoorde allerlei reacties: van een juichend 'Yes!' tot een teleurgesteld 'Nee, hè?' Op de nieuwe cijferlijst stonden drie rijen, ook het eerste en tweede rapport stonden afgedrukt. Rustig las Sam de cijfers. Het was wat hij verwacht had: een paar zessen, verder zevens en een enkele acht. En een 5,3 voor wiskunde. Nou, dat was wel op te halen. Daarna wisselde hij de lijst uit met Thom. Die had geen enkele onvoldoende en zoals gebruikelijk iets lagere cijfers voor de talen. Maar verder ook een mooi rapport. Tevreden schoof Sam het papier in zijn rapportboekje.

Ze kregen de tijd om elkaars rapporten in te zien en erover te praten. Boyan was naar Sam en Thom toe gelopen en ook Daan kwam bij hen staan. Ze lieten de rapporten rondgaan. Daan had ook redelijk mooie cijfers, maar Boyan was achteruitgegaan, hij had nu twee onvoldoendes. 'Dat wordt weer hulples,' kreunde hij. De talen waren niet zijn sterkste kant.

Boyan was nu weer hele dagen op school, met zijn arm nog in het gips. De hoofdpijn was over, maar zijn ribben waren nog gevoelig. Daar had hij vooral last van in de drukke gangen. Als iemand hem aanstootte, kon dat behoorlijk zeer doen.

Sam keek om zich heen. Hoe waren de rapporten van de anderen? Kirsten straalde helemaal, die had dus een prachtige lijst, Anne zat stil voor zich uit te kijken, en links van hem waren tranen! Kirsten en de andere meiden dromden rond Liekes tafel om haar te troosten. Sam keek Daan aan. 'Het is ernstig, geloof ik.'

Daan had net een blik in de rapporten van Anne, Lara en Lieke mogen werpen. Hij vertelde: 'Ze heeft voor alle talen een onvoldoende.' Lieke was dyslectisch, wisten ze, maar dit was niet best. 'En Anne is ook heel erg achteruitgegaan,' ging Daan verder. 'Die had het tweede rapport best aardige cijfers, maar heeft nu overal een of twee punten lager! En Lara's rapport is super. Maar ja, dat konden we van haar wel verwachten.'

Mevrouw Scheltema liet hen een tijdje begaan. Daarna vroeg ze of iedereen op zijn plaats wilde gaan zitten.

'Oké, jongens en meiden. Jullie hebben je cijfers gezien. We noemen het derde rapport ook wel een prognoserapport. Stel dat dit je eindlijst zou zijn: ga je dan over naar de tweede klas? Of is het verstandig een ander niveau te kiezen? Zo hebben we de cijfers bekeken op de lerarenvergadering. Daarom wil ik een aantal van jullie ouders uitnodigen voor het ouderspreekuur, dan kunnen we een en ander overleggen.'

'Hoe weet je of je over bent?' vroeg Anne.

Nadat mevrouw Scheltema had uitgelegd hoe de overgangsnormen precies waren, keek iedereen met andere ogen naar zijn cijfers.

'Maar dan blijf ik dus zitten!' riep Lieke ineens uit en begon opnieuw te huilen. Lara sloeg troostend haar arm om Liekes schouder.

Mevrouw Scheltema keek Lieke aan en zei: 'Dat hoeft niet per se. Je kunt ook altijd overstappen naar een ander niveau, dan hebben je cijfers een andere waarde. Je zes kun je dan lezen als een zeven, en een vijf is op dat niveau een zes waard. Zo ongeveer mag je denken. Met jouw rapport kun je wel bevorderd worden naar 2 vmbo-T. Aan de andere kant zit jij met je dyslexie. We praten straks samen verder over jouw cijfers, goed?'

Lieke knikte en veegde de tranen van haar wang.

Toen ging ze weer verder tegen de hele klas: 'Als je tevreden bent met dit rapport, moet je doorgaan zoals je dat gewend was. Ben je niet tevreden, dan heb je nog precies zeven weken om je cijfers op te halen!'

De klas veerde op. Zeven weken?!

'Hebben we dan al vakantie, mevrouw? Het is pas half april!' riep Daan.

Mevrouw Scheltema knikte. 'Ja, zeven weken, deze week meegerekend. De vakantie begint eind juni en de laatste lesweek zijn er geen gewone lessen, maar is er projectweek.'

Dat riep een heleboel vragen op, maar mevrouw Scheltema kon er nog niet veel over vertellen: 'We zijn nog met de voorbereiding bezig. In ieder geval gaan alle eerste klassen een week lang bezig rond één thema.'

'Leuk!' vonden de meesten.

Thom, die was gaan rekenen, merkte op: 'Maar dat klopt niet! Tot eind juni zijn het nog tien lesweken.'

Mevrouw Scheltema keek hem aan. 'De laatste twee weken van het schooljaar, ná de projectweek, hebben jullie geen les. Wel nog een sportdag, en je moet je boeken inleveren en zo, maar je bent dan al vrij. Die tijd gebruiken de leraren om te vergaderen en...'

De rest was niet verstaanbaar meer. Een gejuich barstte los. Dat was nog eens goed nieuws!

Daarna werd de nieuwe indeling voor de hulplessen bekendgemaakt. Sam moest naar wiskunde. Toen konden ze gaan. Een paar leerlingen bleven achter omdat mevrouw Scheltema iets met hen wilde bespreken.

De rest drukte zich met een kluitje tegelijk door de deur, waarop Boyan begon te brullen: 'Aauwww! Oergh! Aahhh!' Hij hield zijn gipsarm omhoog om ruimte voor zichzelf te maken. 'Ik word geplet! Dit is uitermate pijnlijk!'

Een paar meiden die al op de gang stonden, draaiden zich om.

'Doet het zeer, Boyan?' Kirsten lachte, maar haar gezicht drukte medelijden uit.

Boyan trok een pijnlijke grimas. 'Nee!' kreunde hij. 'Dat lijkt maar zo.'

'Ik dacht dat jongens altijd hun pijn verbeten,' zei Lara. 'Tanden op elkaar of zoiets.'

'Het was wel een mooie oerkreet,' merkte Kirsten op.

'Met een beschaafd stelletje woorden er achteraan,' voegde Lara toe.

'Hoe kleinzerig zijn jongens eigenlijk?' vroeg Anne ineens aan Sam. 'Mijn broer kan niks hebben of hij piept al. Geldt dat voor allemaal?'

Sam staarde haar aan. Wat een vraag!

'Weet jij dat, Daan?' vroeg ze toen Sam geen antwoord gaf. 'Of jij, Thom?'

'En is dat typisch mannelijk, zo'n combinatie van oer en ABN?' ging Lara door. 'Aauwwwoerghahhh, dat is uitermate pijnlijk,' herhaalde ze met een zware stem.

De meiden proestten het uit. 'ABN? Wat is dat nou weer?'

'Algemeen Beschaafd Nederlands,' antwoordde Lara. 'Ik dacht dat jongens altijd nogal grof in de mond waren als het om emoties ging.' Ze liet haar stem weer dalen: 'Klote man, tering zeer!'

Iedereen lachte. Sam was verbaasd. Hij had zo'n opmerking niet achter Lara gezocht.

Ze waren inmiddels de gang uit en liepen nu met z'n allen de trap af.

'Ja jongens, vertellen jullie eens wat over jullie emoties!' Weer giechelden de meiden. 'Ze zeggen dat jongens moeite hebben om die te uiten.'

'Ja, dag!' Geen van de jongens had trek om op die belachelijke vraag in te gaan.

'Aha, zie je wel!' riep Kirsten uit.

In de hal beneden zocht iedereen zijn kluisje op. Met hun jassen in de hand liepen ze het zonnige schoolplein op en daar verspreidden ze zich. Sam en Thom liepen naar het fietsenhok.

'Rare meiden!' zei Thom. 'Snap jij dat?'

'Nee,' zei Sam. 'Wát een maffe vragen!'

In het fietsenhok lieten ze hun rugzakken in de fietstassen glijden.

'Ach, laat ze m... Shit!' Sam voelde geschrokken in zijn broekzak. Hij was op zoek naar zijn fietssleutel, maar ontdekte... 'Mijn portemonnee!' Voor de zekerheid zocht hij in zijn jaszakken, hoewel hij zijn geld altijd in zijn broekzak droeg.

'Wat is er?' vroeg Thom, die zijn fietsslot open liet springen.

'Mijn portemonnee is weg!'

Thom keek hem aan. 'In je tas?'

'Ik doe hem nooit in m'n tas,' zei Sam. Toch haalde hij de rugzak weer uit de fietstas en keerde hem binnenstebuiten. Daarna voelde hij opnieuw in de zakken van zijn broek en jas.

'Hoeveel zat erin?' vroeg Thom.

'Een tientje of zo. Best veel. Shit hé!'

Sam zette zijn fiets weer op slot. 'Ik ga binnen vragen of ie gevonden is. Wacht je of fiets je vast naar huis?'

'Nee, ik wacht wel.'

Even later was Sam terug. 'Niks gevonden.'

'Balen! Maar misschien moet hij nog gevonden worden. En dan heeft de conciërge hem morgen bij de gevonden voorwerpen liggen.'

'Ik hoop het.'

Toen fietsten de jongens naar huis.

wraak

Maar de portemonnee was niet gevonden. De dag erop niet, en de dagen daarna ook niet. Sam was zijn geld kwijt. Thom deelde wat hij over had van zijn zakgeld met Sam.

En de hele week hingen de meiden in de buurt van de jongens. Ze stelden nog veel meer van die maffe vragen. Dan zaten ze in de pauze bij elkaar, en dan zei Kirsten bijvoorbeeld: 'Ik reed vanmorgen naar school en toen werd ik ingehaald door een bus. En weet je wat er achterop stond? mannenrijdenbeter.nl!' Ze stootte Sam aan. 'Zou dat nou echt zo zijn?'

Maar Boyan reageerde al: 'Pff, dat is gewoon reclame! Maar het ís natuurlijk wel zo.'

'Niet!'

'Wel!'

Een storm van protest van de meiden barstte los.

'Dat spreekwoord is er niet voor niets: een heer in het verkeer!' zei Boyan.

'Ja, en de grootste heer in het verkeer is een dame!' zei Kirsten.

'Maar er is ook een website: vrouwenrijdenbeter.nl,' wist Anne. 'Je kunt er een game doen.'

'Ook zoiets: gamen!' riep Christa. 'Wat is daar nou zo leuk aan, jongens?'

'Waarom vragen jullie dat aan ons?'

'Nou, jongens gamen meer.'

'Ja, en meiden msn'en meer.'

'Daar zeg je iets!' riep Anne bijna verlekkerd uit. Of leek dat maar zo? 'Even een onderzoekje: wie van jullie gamet meer?'

Bijna alle jongens staken hun hand op. Een enkeling zei: 'Ongeveer gelijk, denk ik.'

'En wie van jullie msn't meer?' was Annes volgende vraag. 'Zie je wel!' riep ze uit toen de meiden hun hand opstaken.

'Wat bedoel je, zie je wel?' vroeg Daan.

'En wat zegt dat?' vroeg Boyan.

'Nou gewoon, niks. Dat is grappig om te weten. Jongens en meiden zijn toch wel heel verschillend.'

'Ja, hè hè,' zei Thom met een grote zucht. 'Kom je er ook achter?'

'Maar nu heb ik nog geen antwoord op mijn vraag,' zei Kirsten, die met deze discussie was begonnen. 'Wie rijdt beter? Jullie vaders of jullie moeders?'

'Mijn vader!' riep een aantal.

'Mijn moeder,' riepen anderen ertegenin. 'Mijn vader scheurt te veel.'

'Mannen houden van hard,' verklaarde Anne. Alsof ze er verstand van had, dacht Sam.

Wat spookten zij uit? Sommige jongens voelden zich er ongemakkelijk onder. Ze vertrouwden het niet. Had het met '10 mei' te maken? Maar Sam vond het wel gezellig, de jongens en de meiden bij elkaar. Het was zeker beter dan toen die wedstrijd gespeeld werd.

Aan het einde van die week was er een les uitgevallen en de hele klas zat bij elkaar op het gymveld. De meiden waren aldoor met hun mobieltjes in de weer. Ze maakten foto's. Van elkaar, maar ook van de jongens.

'Ja, jongens, even poseren! Lief glimlachen, mooi zo, fijn, dank je wel.'

'Sam, jij ook! Kijk eens hier!'

'Daan, kijk eens normaal in de camera. Nee, even gewoon kijken! En denk nu eens aan een heel mooi meisje, het meest sexy meisje dat je kent. Kom op, niet zo flauw, kijk nou nog eens in m'n lens?!'

'En nu een groepsfoto! Nee, willen jullie niet? Ahhh...'

Kirsten kwam Sams richting uit gelopen en plofte naast hem op het gras. 'Mag ik jouw nummer?'

Sam gaf de tien cijfers. Daarna begon ook zij vragen op hem af te vuren. 'Sam, wat vind jij eigenlijk van voetbal? Is het een echte jongenssport? Waarom zitten er zo weinig meiden op voetbal? Kunnen meiden wel voetballen, wat vind jij? Zijn er eigenlijk typische jongens- en meidensporten?'

Sam vond het geen interessant onderwerp en was kort in zijn antwoorden. Of wilde ze iets speciaals horen? Ze ging over op een ander onderwerp.

'Wie zijn beter in wiskunde? Jongens of meiden? Wat denk je?'

'Jongens, natuurlijk!' antwoordde hij.

'Zeker weten?'

'Op de basisschool was dat al zo. Jongens kunnen beter rekenen.'

We hebben een klein onderzoekje gedaan en alle rapportcijfers voor wiskunde opgeteld en het gemiddelde berekend,' vertelde Kirsten. 'Wat denk je?'

Sam antwoordde beslist: 'De jongens hebben een hoger gemiddelde.'

Kirsten lachte triomfantelijk. 'Fout! De meiden hebben gemiddeld een 7,2 en de jongens een 6,5. Verrassend, hè?! Hoe verklaren jullie dat?'

'Dat onderzoek deugt niet!' riep Ido die net als de andere jongens had meegeluisterd.

'We hebben Van Tiel erbij gehaald,' vertelde Lieke.

'En volgens Van Tiel is dat omdat meisjes netter werken!' zei Kirsten.

'Maar in de bovenbouw zijn jongens wel weer beter,' gaf Lieke toe.

'Over het algemeen klopt het wel, hoor,' troostte Kirsten. 'Jongens zijn beter in rekenen en meiden in taal. Dat komt... eh...' Ze aarzelde. 'Hoe zat dat ook alweer?'

'Heeft dat niet met een verschil in de hersenen te maken?' zei Boyan. 'Iets met de linkerhelft en de rechter-?' Maar hoe precies wist hij ook niet.

'Nou, ik weet het wel,' riep Ido. 'Wij hebben gewoon méér hersenen! Wij zijn dus echt gewoon beter.'

'Daarom speelden jullie ook van die leuke spelletjes,' gaf Kirsten ineens een sneer.

'Hebben we nodig, een beetje spanning!' was Ido's weerwoord. 'Jongens meer dan meiden.'

Kirsten reageerde niet, maar keek om zich heen. Toen vroeg ze aan Sam: 'Weet jij waar Tijmen is?'

'Nee.'

'Is hij wel bij jullie, in de pauzes?'

'Nee,' zei Sam weer.

'Dacht ik al.' Kirsten keek in het rond toen ze de vraag herhaalde, maar nu in het algemeen: 'Weet iemand waar Tijmen is?'

Ido antwoordde: 'Hij staat vaak te roken. Hij heeft het alweer gehad met ons en trekt tegenwoordig met tweede- en derdeklassers op.'

Toen stond Kirsten op. Ze glimlachte naar Sam en zei: 'Ik ga even kijken.'

Er was maar één gedeelte van het plein waar gerookt mocht worden. Kirsten liep het grasveld af en verdween uit het zicht. Ze was al snel weer terug, haar gezicht op stand chagrijnig, en ging aan de andere kant van de groep met haar mobiel zitten spelen.

Even later hoorde Sam de piepjes van zijn eigen mobiel. Verwonderd zag hij op het scherm dat het sms'je van Kirsten afkomstig was. Hij keek op naar haar. Ze had haar blik al op hem gericht en knipoogde.

Sam opende het berichtje en las: 'magk n vraag stelluh?'

Hij keek naar haar en knikte kort.

Even later stond op het schermpje: 'tis persoonlijk. magk bij je langs komuh vnvnd?'

Nu antwoordde Sam wel met een berichtje terug: 'kan niet. moet trainen.'

'oja. morgenavond?'

hoe jongens zijn

Zaterdagavond om negen uur stond Kirsten bij hem op de stoep. Sam deed de deur open en liet haar binnen. Een knalroze tas hing over haar schouder. Ze gingen heel even naar de huiskamer, waar Thom onderuitgezakt op de bank hing. Die keek verbaasd op.

'Hoi Kirsten!'

Dat werd straks uitleggen wat ze hier kwam doen, dacht Sam.

Kirsten werd hartelijk begroet door Sams moeder. 'Ha, Kirsten, was het niet? Alles goed met je?'

'Dag mevrouw, dat hebt u goed onthouden. Gaat het goed met u?'

Nu was het Sams beurt om verbaasd te kijken. Kirsten grijnsde, een beetje verlegen leek het wel.

'Ik ben hier al een keer geweest,' zei ze. 'Aan het begin van het schooljaar had ik een keer met Thom afgesproken.'

'O, dat wist ik niet.'

'Je was er toen niet.'

Ze kregen thee en daarna nam Sam Kirsten mee naar zijn kamer. Vol bewondering stond ze voor zijn grote spiegel.

'Wauw! Die zou ik ook wel op mijn kamer willen hebben!'

'Waarvoor kom je eigenlijk?' vroeg hij nieuwsgierig.

Sam was op zijn bureaustoel gaan zitten en Kirsten op zijn bed. Ze deed haar schoenen uit en trok haar benen onder zich. Toen begon ze: 'Nou, die wedstrijd, hè, van de jongens, je weet wel...'

Sam knikte.

'Nou, daar baalden wij dus heel erg van. Die zogenaamde nepverkeringen! Dat wij erin zijn getrapt! We waren echt verliefd en dus ook echt verdrietig toen het uitraakte, en dan blijkt het een spelletje!' Aan haar stem kon Sam haar woede nog horen. Toen Kirsten met haar hoofd schudde, wipten haar krullen ook boos op en neer. 'Wij wilden jullie terugpakken, maar dan op een heel andere manier.'

'Jullie?' vroeg hij.

'Nee, sorry, de jongens, de ándere jongens. Jij hoort daar niet bij. Daarom kom ik ook bij jou.'

'Oké.'

'We vroegen ons ook af of we dit hadden kunnen zien aankomen,' ging Kirsten verder. 'Hadden we het kunnen voorkómen? Zijn we er niet gewoon ingetrapt omdat we van die domme, onnozele meiden zijn?'

Sam schoot in de lach. Kirsten onnozel en dom? Dat leek hem niet erg waarschijnlijk.

'Nou heb ik een abonnement op *Girlz*!' ging ze verder. 'Dat is een meidentijdschrift. Ik was een keer met Lieke oude nummers aan het doorbladeren en toen zag ik dit.'

Kirsten deed haar schoudertas open. Ze haalde een tijdschrift tevoorschijn en zocht iets op. Toen hield ze een bladzijde omhoog met de tekst: *Boyologie: Is jouw vakantieliefde een blijvertje?*

Kirsten zei: 'Dat is een rubriek waarin ze schrijven over hoe jongens zijn. Toen dacht ik: we moeten meer te weten komen over jongens! Ik zei tegen Lieke: "Ik wil boyoloog worden!"' Kirsten grinnikte. 'Lieke maakte daarvan dat we dan ook sammoloog, thommoloog, boyanoloog, tijmoloog en danoloog moesten worden!'

Nu lachte Sam mee. Waar dit naartoe ging, wist hij nog steeds niet, maar het was wel grappig bedacht. 'En toen?' vroeg hij, benieuwd naar de rest.

'Nou, toen zijn we zo veel mogelijk info over jongens gaan verzamelen. We zijn oude nummers gaan lezen.' Kirsten wapperde even met het tijdschrift. 'En we hebben boeken van de bieb gehaald, bijvoorbeeld de *Survivalgids voor jongens*. En we zijn wat gaan surfen op internet. De meiden met een broer hebben een en ander verteld... En we hebben dus Van der Linden om die les seksuele voorlichting gevraagd.'

Aha! Het had dus inderdaad een bijbedoeling gehad, die les! Sam grijnsde bij de herinnering.

Kirsten ging in een andere houding zitten. Vanwege het mooie lenteweer had ze een kort rokje aan en geen kousen. Sam keek naar haar benen. Ze waren lang en mooi.

'In ieder geval, we zijn nog steeds info aan het verzamelen en nu wil ik je vragen of je mij wilt helpen.'

'Helpen?' Sam keek op, hij begreep het niet goed. 'Waarmee?'

'Jij bent een jongen. Als ik meer over jongens wil weten, wat is er dan logischer dan dat je vragen gaat stellen aan een jongen? Jij bent deskundige.'

Sam grinnikte. 'O, zo! Nou, best. Kom maar op met je vragen, dan.'

'Kun jij er tegen als je met een geheim moet rondlopen?'

'Is dat de eerste vraag?' Wel een vreemde, dacht Sam.

'Nee.' Kirsten haalde een hand door haar krullen. 'Maar wat ik nog meer ga zeggen, mag je niet doorvertellen.'

'Waarom niet? En aan wie niet?'

'Aan niemand van de klas. Dan is de lol eraf. En het kan mij m'n kop kosten.'

'Hè?' Hier keek Sam van op. Het werd steeds gekker.

'Bij wijze van spreken dan.'

Alsof hij daar wijzer van werd. Maar Sam wilde nog wel iets anders weten: 'Ook niet aan Thom?'

'Nee, ook niet aan Thom.'

'Goed,' zei Sam. 'Kom maar op met je geheim.'

'Ik, nee, wij hebben een soort wedstrijd bedacht.'

Sam kromp in elkaar. Nee! Niet weer, kreunde hij inwendig.

'Wie weet het meeste over jongens?' verklaarde Kirsten. 'Oftewel: welke meid is de beste boyoloog?'

Opgelucht schoot Sam in de lach. 'Die is goed! Aan zo'n wedstrijd wil ik wel meewerken.'

'We gaan verkiezingen houden. Iedereen krijgt tijd om haar kennis over jongens te presenteren. Wie het meeste weet, wordt de beste boyoloog.'

'Geweldig!' Sam meende het echt. 'En wat moet ik dan doen?'

'Nou, ik wil een interview met jou doen. Niemand verwacht dat er een jongen meedoet aan een van de presentaties, dus dat wordt een verrassing. Ik neem mijn eigen bron mee! Ik wil het donker hebben en zet jou dan op een kruk in the spotlight. Snap je? "Hotspot on boys" heet mijn act. Wil je meedoen?'

'Lijkt me leuk.'

'Goed. Ik wil je wat vragen stellen die ik van tevoren ook al aan jou heb gevraagd, maar ik zal je ook wat onverwachte dingen vragen.'

'Oké. En ga je dat nu doen?'

'Kan. Maar het mag ook een andere keer.'

'Nu is best. Maar wanneer is het, die verkiezingen?'
'10 mei.'

Aha, dát was er dus op 10 mei! 'Wij vroegen ons al af...'

'Dat deden we dus expres!' Kirstens stem had een tevreden klank. 'We wilden jullie nieuwsgierig maken, het idee geven dat er iets te gebeuren stond. En het moest duidelijk zijn dat het met jullie te maken had, maar hoe en wat...'

'Daar zijn jullie dan aardig in geslaagd,' zei Sam, denkend aan de gesprekken van de jongens.

Kirsten keek heel tevreden toen ze dit hoorde.

Toen dacht Sam aan de auditie.

'O, maar ik kan helemaal niet op 10 mei. Ik neem aan dat het 's avonds is?'

'Ja, vrijdagavond, bij Lieke thuis. Alle jongens worden uitgenodigd. Maar waarom niet?'

'Ik moet trainen. Maar er is nog iets.' En Sam vertelde over zijn plan de vooropleiding te doen. 'Ik moet in topvorm zijn voor die auditie en dat ben ik niet als ik de avond ervoor een klassenavond heb.'

'Ja, dat snap ik. Jammer. Wauw, dat je dat gaat doen! Te gek, zeg!'

Kirsten wilde alles weten over de auditie en de opleiding en hoe het dan moest met school en wonen en... 'En Thom? Gaat die het ook doen?'

Sam zuchtte. 'Hij weet het nog niet. Het hoeft voor hem niet, maar Thom baalt enorm dat ik misschien wegga. Daarom denkt hij er toch over na.'

Thom moest eens weten, dacht Sam ondertussen, hoe Kirsten reageert op dit nieuws. Zo enthousiast en helemaal niet van dat-is-iets-voor-mietjes, of zo. Dat ging hij hem straks direct vertellen!

'Misschien kunnen we de verkiezingen uitstellen,' zei

Kirsten. 'Ik zal het de meiden vragen. Het zou jammer zijn als mijn act niet door kon gaan.'

'Maar dan willen ze natuurlijk weten waarom.'

Kirsten haalde haar schouders op. 'Och, ik verzin wel iets. Dan doen we het gewoon één of twee weken later, dat maakt ook niet uit. Kun je dan wel?'

'Nooit op vrijdagavond.'

'En zaterdagavond?'

'Dan wel.'

Intussen had Kirsten een schrijfblok en een pen uit haar tas gepakt. 'Zal ik dan toch maar vast een paar vragen stellen over de dingen die ik wil weten over jongens?'

'Best. Vraag maar.'

Een half uurtje later waren ze klaar. Sam haalde nog wat drinken, ze kletsten over school, over de leraren, over dansen en muziek. Kirsten vertelde over haar passie, de schoolkrant. Het was heel gezellig, vond Sam.

Na een blik op haar horloge zei Kirsten: 'Ik moet maar eens naar huis. Hé, fijn dat je mee wilt doen.'

Ze liepen naar beneden. Daar zei Sam: 'Ik fiets even met je mee.'

'Dat hoeft niet, hoor!'

'Maar ik doe het wel! Dat hoort zo met jongens en meisjes.'

'O ja? Nou, dat moet ik dan nog even in mijn interview verwerken.'

wat moeten die meiden?

Zwijgen was gemakkelijker gezegd dan gedaan. Het begon er al mee dat Thom wilde weten wat Kirsten bij hem deed.

'Nou gewoon, zomaar,' antwoordde Sam. 'Ze had gevraagd of ze langs mocht komen en dat deed ze.'

'Was het gezellig?' vroeg Thom. En: 'Waar hebben jullie het allemaal over gehad? Heeft ze misschien per ongeluk iets over 10 mei losgelaten?'

Hè? Sam schrok. Zou Thom iets vermoeden...? Of was dat zomaar een gokje? Sam hoopte dat zijn gezicht niets verraden had. 'Ik vraag jou toch ook niet wat jullie samen deden toen ze hier voor jou was?' zei hij.

'Maar het is wel opvallend dat ze hier is,' zei Thom. 'Is dat hun volgende strategie? Eerst aandacht in het algemeen? Daarna voor één jongen in het bijzonder?'

'Dat slaat nergens op, dat weet je ook wel,' verdedigde Sam zich.

'Nou, ik vraag gewoon maar wat!' riep Thom uit.

'Thom!' waarschuwde hun moeder vanuit de achterkamer. 'Dat hoef je allemaal niet te weten.'

Sam vertelde wel over Kirstens reactie op zijn auditie. Thom keek hem aan met een blik van: en moet ik mij daarom nu meteen ook opgeven?

Laat maar, dacht Sam moe.

De week daarop bleek het op school ook lastig om neutraal te reageren op wat er om hem heen gebeurde. De meiden gingen maar door met fotograferen. Vooral Lieke was bezig, de ene foto na de andere maakte ze met haar mobiel. Van iedereen, niet specifiek van de jongens. Dat zou natuurlijk te veel opvallen.

'Ik ga een weblog maken,' zei ze steeds. Maar Sam wist dat het ook wel eens ergens anders voor bedoeld kon zijn.

En ze bleven maar vreemde, nieuwsgierige vragen stellen: 'Waar houd jij meer van? Van een kroket of van een frikadel? Stel, je mag een dvd uitkiezen, wat kies je dan: een actiefilm of een komedie? En als je moet kiezen tussen een komedie of een romantische film?' Of ze probeerden een discussie uit te lokken. 'Wie zijn dapperder? Jongens of meiden? Stel er valt een kind in het water? Wat doe je dan? En wat zou jij doen als je ziet dat een jongen het tasje van een oude mevrouw rooft? En als je 's avonds op straat een groep dronken jongeren tegenkomt? En stel nou dat wij daar samen lopen en ze maken een rotopmerking over mij? Wat doe je dan?'

Of het was zomaar onder de les. 'Typisch een jongensreactie!' hoorde Sam een van de meiden zeggen toen er bij techniek ruzie ontstond tussen Boyan en Ido. Wie begon, zag Sam niet, maar er werd al gauw heen en weer gestompt. En tijdens een heel drukke les geschiedenis hoorde Sam Lieke heel duidelijk zeggen: 'Jongens kunnen niet stilzitten. Ze hebben te veel energie.'

'Kwestie van hormonen,' vond Lara.

Maar het werd helemaal een punt toen Anne later die week onverwacht langskwam. 'Hai,' zei ze met een zachte stem. 'Heb je even tijd?'

Ja, Sam had tijd. Het was donderdagavond half acht, ze hadden nog maar één dag les en dan was het meivakantie, het kleine beetje huiswerk voor morgen had hij al af.

Ze gingen in de huiskamer zitten, maar Anne wilde op

een gegeven moment naar boven: 'Ik wil iets vragen, en dat hoeft niet iedereen te horen,' fluisterde ze in Sams oor. Ze knikte in de richting van de voorkamer, waar Sams ouders tv zaten te kijken.

Op de trap kwamen ze Thom tegen, die net op weg naar beneden was.

'Hé, Anne!' groette hij.

'Hoi,' zei ze.

Thom keek Sam aan met een blik die heel duidelijk betekende: Alweer meidenbezoek?!

Anne ging op Sams bed zitten en keek om zich heen. Zou ze nu ook terugdenken aan de tijd van hun verkering? Ze hadden toen vaak samen op zijn kamer gezeten.

Sam liep naar zijn installatie. 'Wat wil je horen?'

'Heb je nog nieuwe cd's?' vroeg Anne.

'Gedownload,' antwoordde Sam. Hij liet haar een stapel gekleurde cd-hoesjes zien.

'Die!' koos ze uit.

Terwijl de muziek Sams kamer vulde, praatten ze over school en over de meivakantie. Geen van tweeën had plannen om weg te gaan. Op een gegeven moment begon Anne over hun verkering.

'Weet je nog?' zei ze.

Ja, Sam wist alles nog.

'Het was best leuk, hè?'

'Ja, dat vond ik ook.' Maar wat wilde zij?

'Tijdens biologie, je weet wel, zei Van der Linden dat jongens en meisjes allebei kunnen beginnen met afspraakjes maken en vrijen en zo. Weet je nog?'

'Eh... ja.'

'Vind jij dat ook? Ben je het daarmee eens? Of moet een jongen beginnen?'

De vraag overviel Sam een beetje. 'Eh... nou, nee.'

'Dus jongens hoeven niet per se het initiatief te nemen,' vertaalde Anne.

'Nee, dat kan een meisje ook doen.'

'Bij ons... Jij sloeg je arm als eerste om mij heen.'

'Maar jij leunde tegen mij aan.'

'Jij gaf als eerste een kus.'

'Nee, dat was jij!' Sam wist het zeker, dat was Anne geweest. Een kus op zijn wang. Die zou hij niet snel vergeten. En toen had hij haar terug gekust, op haar mond. Waarom kwam ze hier nu mee?

'Echt?' vroeg Anne. 'O, nou, ik weet het niet meer precies.'

Sam lachte. 'Het is ook zo lang geleden.'

Anne had een kleur op haar wangen gekregen. 'Jongens en meisjes verschillen lichamelijk van elkaar. Wat zijn nog meer verschillen volgens jou?'

Sam wist het nu zeker: ook Anne gebruikte hem als informatiebron! Alleen vertelde zij er niet bij waarom ze dat allemaal wilde weten. En zij wist natuurlijk niet dat hij wist van de verkiezingen... Hij moest dus oppassen met wat hij zei.

'Meiden kletsen meer,' zei hij resoluut.

Anne lachte. 'Is dat zo? Ja, misschien wel.'

'Kijk maar in de klas, als er gekletst wordt, zijn het de meiden.'

'Nou, jongens kunnen er anders ook wat van,' merkte Anne op.

'De leraren geven de meiden vaker op hun kop dan de jongens omdat ze zitten te praten,' zei Sam.

'Ja, en ze zeggen vaker tegen de jongens: "Zit eens stil!" of: "Blijf nou eens op je plaats zitten!" Dat is toch zo? Jongens bewegen altijd heel veel.'

'O ja?' zei Sam. 'Weet je dat zeker?'

'Ik ben er eigenlijk een beetje op aan het letten,' zei Anne, en ze kreeg weer een kleur.

'Hadden we het daar laatst ook niet over, met de hele klas bedoel ik?' vroeg Sam.

Anne wist het ook nog.

'Jongens zijn drukker. Beetje aan elkaar zitten, beetje stoeien. En nu je er toch naar vraagt,' zei Sam behulpzaam, 'jongens zijn volgens mij meer agressief.'

'Ze slaan er sneller op los.'

'Of verliezen eerder hun geduld.'

'Meiden hebben meer de neiging iets uit te praten.'

'Meiden bekvechten.'

'Jongens véchten het uit.'

Bij haar volgende vraag werd Anne nog roder: 'Enne... is het echt zo dat jongens altijd aan seks denken?'

Nu voelde Sam zich ook niet helemaal meer op zijn gemak. Nou zeg, hoe ver moest hij gaan met vragen beantwoorden? Had Anne zijn aarzeling gemerkt?

'Ja, weet je,' zei ze langzaam. 'Je zult wel denken, waarom vraag ik dat allemaal. Maar ik wilde wat weten over jongens. In het algemeen dan, hè. En ik dacht omdat wij verkering hadden gehad, durf ik het wel aan jou te vragen.' Annes gezicht kleurde nog dieper. 'We hadden het er laatst over met een paar meiden en die beweerden dat. Dat jongens altijd aan seks denken.'

Ze praatte zich er aardig uit, vond Sam. Het klonk geloofwaardig.

'Maar ik ben maar één jongen. Je zou zo'n vraag aan meer jongens moeten stellen.' Misschien deed ze dat ook wel, je wist maar nooit. 'Ik denk best wel eens aan seks, wie niet, maar niet áltíjd natuurlijk.'

'Maar jullie praten er toch ook veel over als jullie onder elkaar zijn?'

'Och,' zei Sam. 'Sommige jongens maken er graag grappen over.' Hij hoefde toch zeker niet te vertellen welke! 'Heb je iets aan mijn antwoord?' vroeg hij.

Anne verzekerde hem van wel. Daarna vroeg ze naar zijn dansen. Een veiliger onderwerp! Weer vertelde Sam over zijn auditie en ook Anne reageerde enthousiast.

Daarna vroeg hij hoe het met haar ging. Toen ze zei: 'Och, gaat wel,' viel hem pas op hoe moe ze eruitzag.

Ze lachte zo'n beetje. 'Morgen is het vakantie, dan ga ik heel veel slapen. En nu wil ik dat ook. Ik ga naar huis.'

Opnieuw fietste Sam mee om een meisje naar huis te brengen. Toen hij weer terug was, sprak Thom hem aan: 'Wat moeten die meiden van jou? Ze komen niet bij mij!'

Sam had op de fiets al over het antwoord nagedacht. Zo hoefde hij zo min mogelijk te zeggen: 'Weet je nog dat ik verkering met haar had? Ze wilde nog over iets praten, iets van toen.'

'Wat dan?'

'Sorry Thom, dat is privé.'

Kies voor mij!

De brief was eindelijk gekomen. Toen Sam de volgende dag uit school kwam, lag hij op hem te wachten. Alle gegevens stonden erin: hoe laat hij waar moest zijn, wat hij mee moest nemen, dat hij daar een lunch kreeg. Hij vond dat het lang had geduurd voor hij bericht kreeg, maar nu werd het een beetje echter! En het kwam al behoorlijk dichtbij!

Ineens zat er een knoop in zijn buik. Hij rende naar de wc, dacht dat hij moest, maar voor het eerst voelde hij zenuwen. Hij zat op de wc-bril en voelde zijn hart bonken. Straks moest hij laten zien wat hij kon! Dan zaten er allemaal mensen naar hem te kijken die gingen beslissen over zijn toekomst. Hij wist van de auditie voor de jeugdopleiding Dans hoe spannend dat was. Maar hij wist ook nog dat toen hij eenmaal bezig was, hij dat weer kon vergeten.

Sam liet Thom de brief zien. Ze zaten naast elkaar op de bank in de kamer. Al die tijd had hij zijn broer met rust gelaten, nu begon de tijd te dringen.

Thom keek er met een nors gezicht naar. 'Ik weet niet...' zei hij ongelukkig. 'Als jij weggaat, blijf ik achter. Ik wil dat we bij elkaar blijven...'

'Maar?'

'Ik wil niet van school, ik wil thuis blijven wonen.'

'Als je wilt dat we bij elkaar blijven, dan moet je mee. Dat wil ik ook het liefst,' zei Sam met klem.

'En ik wil het liefst dat we samen híér blijven.' Ook in

Thoms stem klonk emotie door. 'Waarom vind je onze op-leiding niet goed genoeg? Als er nou niks was, als we al-leen de dansschool maar hadden... Het kan altijd toch nog? Later, bedoel ik, de dansacademie?'

Sam schudde zijn hoofd. 'Ik wil het nú.'

'Ik wil, ik wil,' raasde Thom ineens. 'En waarom moet ik dan met jou mee? Waarom pas *jij* je niet aan, waarom doe jij eigenlijk niet wat *ik* wil? Nee hè, jij drijft gewoon je zin door. En ik moet me maar aanpassen.'

Sam vond het niet eerlijk, maar zei niets. Wat moest hij zeggen? Boos stond hij op om naar zijn kamer te gaan.

De meivakantie was een week van rust. Heerlijk vond Sam. Er hoefde even helemaal niets. Hoe leuk hij de brugklas ook vond, je moest zo vaak wat: huiswerk maken, proefwerk leren, werkstuk maken, boek lezen. En nu deed hij niks. Ze gingen ook nergens heen, en ook dat vond hij prettig: ge-woon lekker thuis. Uitslapen, beetje op de bank hangen en naar muziekzenders kijken, beetje computeren, op de Nin-tendo met Thom.

Daan kwam langs. En Boyan kwam langs. Hij was zijn gips kwijt, hij vertelde hoe het was opengeknipt en liet zijn arm zien, die dun en bleek was.

Sam voelde even. 'Dat wordt flink opdrukken, joh.'

Ze gingen risk spelen. Sam dacht: Is dit nou typisch een jongensspel? Dat maakte hem aan het grinniken. Drie paar ogen keken hem aan: 'Wat valt er te lachen? Je staat er niet al te best voor, hoor.'

Verschrikt sloeg Sam zijn hand voor zijn mond. Hij maakte er snel van: 'Dat vind ik juist grappig, vooral als je bedenkt wat voor opdracht ik heb.'

'Sst! Niet verklappen,' zei Thom.

Ik verklap niets, dacht Sam en hij begon bijna weer te lachen.

Die avond vroeg Thom ineens: 'Heb jij mijn portemonnee gezien? Ik ben hem kwijt.'

'Jij ook al? Sinds wanneer?'

'Dat weet ik niet precies. Ik dacht net ineens: waar is mijn portemonnee eigenlijk? En ik kan hem nergens vinden. Geen idee wanneer ik hem voor het laatst heb gebruikt.'

'Nee, ik heb hem niet gezien. Wat vervelend! Nou, hij komt vast wel weer tevoorschijn.' Hij dacht aan zijn eigen portemonnee die nooit was teruggevonden en zei: 'En anders delen we mijn geld.'

Wel raar! Zo slordig waren ze anders nooit.

Er gebeurde in de meivakantie ook nog iets onverwachts: Lieke belde vrijdagochtend. Sam was op zijn kamer en liep naar de werkkamer van Alex om daar de telefoon op te nemen.

'Heb je iets te doen vanmiddag?' vroeg ze. 'Heb je misschien zin om bij mij langs te komen?'

Het lag op zijn lippen om te vragen waarom, maar toen bedacht hij dat hij wel wist waarom Lieke hem uitnodigde. Dat kon leuk worden!

Hij fietste naar haar toe en kreeg eerst een rondleiding door het huis. Hij wist dat ze in een groot huis woonde, had al heel wat verhalen gehoord, maar was toch onder de indruk van alle ruimte en de rijkdom. Ze eindigden op Liekes kamer. Dat wil zeggen op één van Liekes kamers. Ze had een slaapkamer én een kamer met een groot bureau. Daar gingen ze nu achter zitten. Op het bureau stonden haar schoolspullen en een computer.

'Maar wat ik jou wilde vragen...' zei Lieke terwijl ze de computer opstartte. 'De meisjes van de klas zijn zich aan het verdiepen in hoe jongens zijn. We gaan een avond organiseren... Nou ja, ik kan daar niet te veel over zeggen. Daarom wilde ik vragen of jij mij kon helpen. Want ik weet niet zo veel van jongens en ik ken ook niet veel jongens. Behalve dan uit onze klas.'

'Maar waarom vraag je mij dan, en niet een van de anderen?' vroeg Sam.

Lieke haalde haar schouders op. 'Jij lijkt mij iemand die zijn mond niet voorbijpraat. Want weet je, je mag er niets over zeggen, hoor! En je bent tenminste een rustiger type dan de anderen.'

'En wat voor avond wordt dat dan?' Sam deed maar of hij van niets wist, en een beetje nieuwsgierigheid leek hem wel op zijn plaats.

'Dat zeg ik niet,' zei Lieke. 'Dat is nog geheim. Maar je zult het wel een keer weten.'

'En wat moet ik doen?'

Lieke had inmiddels een bestand geopend dat 'Hoe jongens zijn' heette. En boven aan het document stond met grote letters 'VRAGEN'.

Ook een interview? Sam had al voorpret bij het idee dat Kirsten én Lieke allebei met hem aan kwamen zetten bij de verkiezingen. Hun verbaasde gezichten zag hij al voor zich. Zouden ze niet met elkaar overleggen wat iedereen ging doen?

Maar Liekes bedoeling was anders. 'Ik ga een powerpoint-presentatie maken,' vertelde ze. 'Dit zijn mijn onderwerpen. Maar ik heb zo'n moeite de antwoorden in te vullen. Ik weet het gewoon niet. Toen dacht ik: ik moet het gewoon aan een jongen vragen.'

'Oké. Maar de eerste vraag heb je zelf al ingevuld.' Sam wees naar het scherm: *Waar houden jongens van?* stond er. En het antwoord was: *Meisjes!*

'Maar je moet er dingen bij schrijven,' adviseerde Sam. 'Jongens houden van meisjes, voetbal, games en nou ja, sport in het algemeen.'

'Oké. Waar houden jongens niet van?'

Sam dacht even na. 'Van geroddel,' zei hij toen. 'En veel jongens houden ook niet van winkelen, volgens mij.'

'En wat doen jongens het liefst in hun vrije tijd?'

'Sporten, voetballen, in de stad rondhangen, gamen,' dacht Sam hardop. 'Tv-kijken ook.'

'Wat is typisch jongensgedrag?'

Alweer die vraag! Daar had hij het met Anne ook al over gehad.

'Nou ja, jongens zijn stoer, ze gedragen zich macho, ze vechten en stoeien. Ze houden van oorlogs- en schietspelletjes. O, dat moet natuurlijk bij de eerste vraag.'

Sam kreeg ineens het vreemde gevoel dat het niet over hemzelf ging. Waarom gaf hij dan toch zo'n antwoord? Dacht hij aan de jongens die bij hem op de basisschool hadden gezeten en hun pauzes doorbrachten met dat soort gedoe? Of aan de jongens van B1D met hun 'wie durft'-spel? Daar had hij buiten gestaan en dat was niet leuk geweest. Hij was anders dan de meeste jongens. Ineens snapte hij Thom iets beter. Wilde Thom liever een 'echte' jongen zijn?

'Wat zien jongens graag bij meisjes?'

'Dat ze lief zijn.'

'En wat nog meer?' Lieke keek op van het toetsenbord. 'Verzin eens wat meer? Hoeven ze niet mooi te zijn?'

'Ja natuurlijk, maar ze moeten ook een aardige uitstraling hebben, en geen vet haar, en leuke kleren dragen. En ze moeten geïnteresseerd zijn en niet steeds over zichzelf praten. En...' Nu ging Sam toch bij zichzelf na: wat had hij leuk gevonden aan Anne? 'Ze moeten niet kattig zijn. Ze moeten een vriend kunnen zijn, je moet met ze kunnen praten. Maar ze moeten niet aan een stuk door kleppen. En ze moeten je niet helemaal voor zichzelf willen hebben!'

Lieke knikte. 'Laatste vraag,' zei ze. 'Hoe kun je een jongen versieren?'

Sam wist het niet. 'Hoe kan ik dat nou weten? Zo veel ervaring heb ik niet,' grijnsde hij. 'Lief zijn, aardig doen, en niet – wam! – jou in één keer verpletteren.'

Lieke keek hem aan. 'Dank je wel. Dan kan ik dit verder uitwerken met mijn vader. Die helpt me met mijn presentatie. Wil je nog wat drinken?'

Dat wilde Sam, maar hij kon niet lang meer blijven, hij moest trainen vanavond.

In gedachten verzonken fietste hij naar huis. Jongens en meisjes, hij had er nooit zo over nagedacht, maar ze leken hem ineens totaal verschillende wezens. Ook had hij hetzelfde gevoel als bij Kirsten en Anne: hij was dan wel een jongen, maar hij was niet hetzelfde als alle andere jongens.

Hij zette zijn fiets weg en botste in de keuken bijna tegen Thom op.

'Waar kom jij vandaan?' vroeg Thom.

Sam schrok van de agressieve toon in zijn stem. 'Een eindje gefietst. Hoezo?'

'Wat verberg jij voor mij?' Thom stond met zijn benen wijd voor Sam tussen het aanrecht en de keukentafel, en Sam kon er zo niet langs.

'Niets. Hoe kom je daarbij?'

'Je bent bij Lieke geweest! Wat spook jij uit? Jij bent ergens mee bezig en ik mag niet weten wat!' Thom ging sneller en harder praten. 'Wel aan mijn kop zeuren over de vooropleiding en maar zeggen dat je zo graag wilt dat ik meega, en dat je eigenlijk niet zonder mij wilt, en ondertussen ga je je eigen gang en doe je allerlei stiekeme dingen waar je mij buiten houdt!'

Verbluft keek Sam zijn broer aan. Thom was kwaad. Maar nu werd hij het ook!

'Hoe weet jij dat ik bij Lieke was?'

'Dat is niet zo moeilijk. Jij nam de telefoon boven op, en beneden las ik op het schermpje haar nummer. Ik heb het vergeleken met de telefoonnummers van de klas.'

Hè?! Thom was hem aan het bespioneren!

'En waar ben jij mee bezig!' brieste Sam. 'Dat slaat ook nergens op, eikel! Waar is het voor nodig dat je mij bespiedt!'

'Omdat jij niks zegt, klootzak. Ik wil weten wat jij uitspookt. Ik dacht dat we alles zouden delen.'

'Dat doen we allang niet meer,' antwoordde Sam. 'En ik ben niet de enige die dingen onderneemt zonder de ander. Weet je nog? Misschien had mam toch gelijk dat we niet naar dezelfde brugklas hadden moeten gaan. Ik hoef jou heus niet te vertellen wat ik doe. En ik wil er nú langs.'

Thom deed een stap opzij, maar zijn gezicht stond op onweer. En dat bleef de rest van de vakantie zo. Hij voelde zich duidelijk ongelukkig en Sam had het gevoel dat het zijn schuld was. Wat moest hij doen? Wat kon hij doen? Hij praatte er met zijn moeder over.

'Het is Thoms keuze, Sam,' zei ze. 'Die vooropleiding moet hij alleen doen als hij dat zelf wil, en niet vanwege jou. Dat is een verkeerde motivatie. Je kunt niets voor hem doen. Dit komt op jullie weg en hij moet hier zelf uit zien te komen.'

Dat was best moeilijk, want Sam had toch heel erg de neiging uit te roepen: *Kies voor mij!*

Juryleden gezocht

De meivakantie zat erop en school begon weer, maar dat klaarde de lucht niet. Hoe dichterbij de auditie kwam, hoe hoger de spanning opliep. Hun moeder probeerde met Thom te praten, maar Thom liet niemand toe. Hij sloot zich op in zijn kamer en liet zich amper zien. Op school liep hij nu ook rond met een onweersgezicht en hij bleef overal buiten. Natuurlijk viel het hun vrienden op. Maar hun belangstellende en meelevende vragen ketsten af op een schild van zwijgen. Ook zij kwamen er niet doorheen.

Er waren die week meer gebeurtenissen die spanning opriepen. In de klas dan. Op maandag was tijdens informatica een briefje rondgegaan. Opnieuw stond erop geschreven: 'DOORGEVEN!!! Alleen voor de MEIDEN!!!'

Natuurlijk lazen de jongens het, maar veel wijzer werden ze er niet van. Er stond: '10 = 25'.

En opnieuw bracht dat onrust. Wat waren die meiden toch van plan? Maar ze kwamen niet dichter bij het antwoord.

Dinsdag zaten ze in de pauze verspreid over een aantal tafels in de kantine toen Kirsten, die een tafel verderop zat, ineens uitriep: 'Shit! Verdomme! M'n portemonnee is weg! Waar heb ik dat klereding?'

Met veel kabaal haalde ze alles overhoop: haar schoudertasje, haar schooltas, haar broekzakken. Ze ging naar haar kluisje om haar jas te onderzoeken. Ze mopperde en ze vloekte en zei uiteindelijk: 'Ik weet haast zeker dat ik hem in m'n tasje had. Dan is-ie gejat!'

'Ga eens bij de conciërge vragen, misschien ben je hem toch gewoon verloren,' zei Lieke.

Maar dat leverde helaas niet het gewenste resultaat op.

'Ik heb het gelijk maar gemeld dat ik denk dat-ie gestolen is,' zei Kirsten.

De jongens die bij Sam aan tafel zaten, konden alles volgen en leefden uiteraard met Kirsten mee.

'Goh, dat is wel toevallig,' zei Sam. 'Thom en ik waren onze portemonnee laatst ook kwijt.'

Op woensdag in de kleine pauze trof Sam Anne met tranen in haar ogen voor haar kluis. Die stond open. 'Ik ben hem vergeten dicht te doen en mijn sleuteltje eruit te halen,' zei ze met tranen in haar stem. 'En nu is mijn sleuteltje weg én mijn portemonnee.'

'Zat er veel in?' vroeg Sam.

'Valt wel mee, een paar euro, alleen om wat in de kantine te kunnen kopen als ik mijn brood vergeten ben. En mijn schoolpas. Een nieuwe kost geld.'

'Je moet maar meteen naar de conciërge om een nieuw slot, anders ben je je spullen zó weer kwijt.'

Later die dag hadden ze een tussenuur en die brachten ze met elkaar door in de kantine.

'Heb je je portemonnee nog teruggevonden, Kirsten?' vroeg Sam. 'Lag hij thuis?'

'Nee,' antwoordde Kirsten. 'Maar dat had ik ook niet verwacht. Ik kon me echt zeker herinneren dat ik hem bij me had gestopt.'

Daar hadden ze het nog even over: hoe je gedachteloos je fiets op slot kunt zetten of je portemonnee in je broekzak kon doen zonder je later te herinneren of je dat wel of niet had gedaan.

Plotseling zei Jan-Hille: 'Wel vreemd. Ik ben mijn portemonnee ook verloren deze week.'

'Die is ook gestolen, bedoel je,' zei Kirsten.

'Ik weet het niet. Hij lag bij de gevonden voorwerpen bij de conciërge, maar hij was wel mooi leeg.'

Sam zei: 'Wij tweeën zijn de onze ook verloren, laatst.'

Daan vroeg: 'Verloren of gestolen?'

'Veel te toevallig!' riep Kirsten uit. 'Wij verliezen niet ineens allemaal onze portemonnees. En er is ook geen besmettelijk virus uitgebroken waardoor onze portemonnees spontaan uit onze tassen en broekzakken springen.'

Ze keken elkaar aan. Was er een dief in hun midden? Het was te gek voor woorden, maar Kirsten durfde het te zeggen: 'Wie heeft hier te lange vingers?'

Iedereen keek naar iedereen. De sfeer onderling was ineens anders. Gek, maar het was alsof er plotseling een storm was opgestoken. Op een heldere, mooie zomerse dag kwamen onverwacht donkere wolken aangedreven die samen met de eerste windvlagen problemen aankondigden.

Het was opnieuw Kirsten die zei: 'Let van nu af aan goed op je portemonnee. Er is hier iemand op school helemaal verkeerd bezig. Misschien wel iemand uit onze klas.'

'Dat hoeft niet,' zei Daan.

'Nee, iedereen kan het sleuteltje van Annes kluis hebben meegenomen,' zei Jan-Hille. 'De hele school loopt daarlangs.'

'Maar het is wel toevallig dat drie of vier mensen uit één klas hun portemonnee kwijt zijn,' hield Kirsten vol.

Sam dacht weer aan hun eigen geld. Thom zelf zei niets, hij wist ook niet zeker of hij gejat was of dat hij hem gewoon kwijt was geraakt. Bovendien was dat in de vakantie geweest.

Ineens klaarde het gezicht van Kirsten op. 'Hé, en nu een beetje vrolijker kijken allemaal. Meiden, is dit het moment?'

De jongens keken elkaar aan. Waarvoor?

'Ja!' Lieke stond op en maakte haar tas open. 'Ik heb ze.' Ze haalde er een stapeltje enveloppen uit en begon die uit te delen. Iedereen kreeg een envelop, maar alleen de jongens vroegen: 'Wat is dit? Je bent al jarig geweest, toch?'

En Kirsten riep op dat moment uit: 'Tijmen! Tijmen is er weer eens niet bij, die aso!' Ze hield een envelop apart en zei: 'Nou, die zoek ik zo wel op.'

Sam maakte de envelop nieuwsgierig open. Er zat een dubbelgevouwen blauw papier in:

UITNODIGING

Kom naar onze verkiezingsavond!!!

Welke meid is de beste boyoloog?

Waar?	Bij Lieke thuis
Voor wie?	Voor heel klas B1D
Hoe laat?	20.00 uur – 23.00 uur
Wanneer?	Zaterdagavond 25 mei
Dresscode:	Roze voor de meiden, blauw voor de jongens
Inschrijving:	Gesloten...
maar:	

juryleden gezocht!!!

Groetjes, de meiden van B1D

Er ontstond een tumult. Wat was dit? Waar sloeg dit op? Wat was een boyoloog? Wie deden er mee? En hoezo: juryleden gezocht? Moesten zij... Was het de bedoeling dat de jongens... Allemaal vragen kregen de meiden over zich heen. Sam deed zijn best om net zo verbaasd te doen als de rest van de jongens. Hij deed dus ook of hij het niet vertrouwde. Wat gingen ze doen die avond? Wat werd er van hen verwacht? Gingen ze wraak nemen? Ja hoor, dacht Sam, het woord is gevallen.

Maar de meiden lachten alleen maar, en wilden niets meer zeggen.

'Verrassing! Kom maar gewoon. Er is niets engs aan, het wordt gewoon leuk! Jullie mogen allemaal komen! Graag zelfs!'

Toen was er toch nog één vraag waarop ze wél antwoord kregen: 'Heeft dit iets met 10 mei te maken?'

'Ja! Goed geraden! Maar 10 mei is 25 mei geworden,' zei Kirsten. Al die tijd had ze niet één keer Sams richting uit gekeken. Pas toen ze opstond om Tijmen te gaan zoeken, gaf ze Sam een knipoog.

Had Thom dat gezien? Toen het even later tijd was voor hun laatste lesuur en ze op weg naar boven waren, vroeg hij kortaf: 'Wist jij daarvan, van die verkiezingen?'

Sam schrok. Hij aarzelde. Hij moest snel een beslissing nemen, anders was hij niet geloofwaardig meer. En hij hoorde zichzelf zeggen: 'Nee, ik wist er niets van.'

wie van hen?

Sam had bijna onmiddellijk spijt van zijn antwoord. Hij kon erop terugkomen natuurlijk, al was Thom er snel vandoor gegaan en fietste hij die middag alleen naar huis. Had hij het nu helemaal verknald? Dat zou toch te gek zijn.

Maar hij deed het niet. Moest hij de meiden verraden? Hij had beloofd zijn mond te houden. Goh, het was maar een spelletje, Thom moest er niet zo zwaar aan tillen. Maar hoe kon Thom weten dat het maar om een spelletje ging, als hij helemaal niets wist... Ach, hij zou vanzelf wel merken dat het verder niets te betekenen had, bedacht Sam.

Toch liep hij bijna drie dagen rond met het gevoel dat hij de meiden voorrang had gegeven boven Thom. Het was niet eerlijk, had hij ook steeds gedacht, hij had helemaal geen tijd gehad om erover na te denken. En nu...

Nu was het de vroege ochtend van 11 mei en stond hij voor een dichte deur te aarzelen. Achter die deur was Thom. Misschien sliep hij, misschien was hij aangekleed. Sam wist het niet. Het was nog niet te laat, had hij gedacht. Als ze nu gewoon vroegen of Thom nog mee kon doen. Hij had zich dan wel niet opgegeven, maar misschien kon het toch. Als hij nu maar kon zien hoe het daar was... Dan zou Thom...

Zou hij hem nog één keer vragen...?

Sam voelde paniek opkomen. Nu! Het ging nu gebeuren, en Thom ging niet mee! Ineens had hij het benauwd. Hij bonkte op de deur. 'Thom!'

Plotseling ging de deur open. Sam buitelde naar binnen en stond tegenover zijn tweelingbroer. Thom was aangekleed, zag Sam. Hij zag er wel grauw uit, alsof hij niet had geslapen vannacht.

'Wat is er?' vroeg hij.

Sam hijgde. Even wist hij niets te zeggen. Toen stamelde hij, alsof dat buiten hemzelf gebeurde: 'Ik wist wel over die verkiezingen. Ze hebben mijn hulp ingeroepen bij de voorbereiding, maar ik mocht niets zeggen...' Deed dat er nog toe? Wat nu belangrijk was, was de auditie.

'Ach,' zei Thom. 'Hoepel toch op. Je moet auditie doen.'

Sam vroeg het nog één laatste keer: 'Ga je mee?'

'Nee!' zei Thom, duwde Sam naar buiten en gooide de deur dicht. Dwars erdoorheen riep hij: 'Ik hoop dat je wordt afgewezen!'

Sam had het heel duidelijk verstaan. WAM, die was raak. Langzaam liep hij de trap af, maar na een blik op zijn horloge ging hij sneller. Hij griste zijn tas met zijn danskleren mee, die in de gang klaarstond, en liep naar de kamer.

Zijn moeder gaf hem een aai over zijn hoofd, en Alex legde zijn hand op zijn schouder. 'Kom,' zei hij.

Terwijl zijn stiefvader de auto vast uit de garage reed, ging zijn moeder gauw nog even naar boven.

Toen reden ze weg.

En nu je concentreren op de auditie, dacht Sam. Niet meer aan Thom denken, niet meer aan die woorden. Er is nu geen plaats voor verdriet. Het gaat om je toekomst. Straks moet je dansen, zo goed mogelijk dansen. Voel je lijf, voel je spieren! Daarmee moet je je bewijzen. Maar hij voelde ook weer zijn darmen. Zenuwen, wist hij. Allemaal zenuwen. Hij ademde diep en regelmatig terwijl hij naar het voorbijrazende landschap keek. Ten slotte haalde hij zijn mp3-speler tevoorschijn, de muziek hielp hem alle gedachten weg te duwen en rustig te worden.

Ze waren ruim op tijd. Bij de ingang werden ze verwelkomd door een wat oudere man. Hij had een lijst in zijn handen, en streepte Sams naam door.

'Welkom, Sam! Je bent in het gebouw van de dansacademie. Hier worden ook de lessen van de vooropleiding gegeven. Als je dáár de gang in loopt, ga je naar studio 4. De kleedkamers zijn ernaast. 4b is voor jongens. Kleed je maar vast om, we roepen je wel als het tijd is.' En tegen zijn ouders zei hij: 'U kunt in de kantine een kopje koffie krijgen. Om vijf uur kunt u uw zoon weer ophalen.'

Zou hij nog vragen waar de wc was? Maar er was er vast wel een in de kleedkamer. Achter hem kwam een meisje binnen, dat een stuk jonger was dan hij. De man begon nu tegen haar te praten.

Sam nam afscheid van zijn ouders. Zij gingen de stad in om te winkelen, wist Sam.

'Nou, joh! Zet hem op!' zei Alex.

En zijn moeder zei: 'Succes!'

Gelukkig, niet te veel woorden. Van meer woorden werd je op zo'n moment alleen maar onrustig.

Sam liep de hoge gang in. Wauw, dus dit was de academie! Het was een oud gebouw en de vloer bestond uit een prachtig tegelmozaïek. Sam liep voorbij een lege dansstudio. Het was zaterdag, er waren natuurlijk geen studenten. Wat heerlijk om hier te lopen! Hij maakte bijna een danspasje. Dat Thom dit niet... Nee, niet aan Thom denken.

Aan het einde van de gang was studio 4. Sam ging de kleedkamer binnen. Er zaten twee jongens, beiden iets jonger dan hij, allebei al in danskleren.

'Hoi,' zei Sam.

'Hallo,' zeiden ze allebei.

'Ik ben Sam,' zei Sam.

'Bauke,' zei de een.

'Ik heet Ties,' zei de jongste.

Verder zeiden ze niets. Sam zette zijn tas op de bank en ging zich omkleden. Hij trok een trui over zijn danskleren aan. Zouden er nog meer jongens komen? Hij hing zijn eigen kleren netjes op een haak en ging ook zitten wachten.

'Nou, dan zijn we geen van drieën de enige jongen,' zei Sam.

Dat ontlokte hun een klein glimlachje.

'Hoe oud zijn jullie?'

'Twaalf,' zei Bauke.

'Ik ben elf,' zei Ties.

Op zijn horloge zag Sam dat ze nog tien minuten moesten wachten. Sam ging eerst naar de wc, at daarna een appel en haalde een flesje water tevoorschijn. Intussen kwam er nog een jongen binnen: Ramón. Hij was net zo oud als Sam en minder verlegen – of minder zenuwachtig – dan de beide andere jongens. Dus begonnen ze te praten over hoe lang ze al dansten tot er op de deur werd geklopt en dezelfde man van daarstraks binnenkwam.

'We gaan beginnen. Kom maar mee.'

Sam stond op. Hij voelde zich stijf, en ineens ongelooflijk nerveus. O, help, straks kon hij niets meer, geen beweging, geen buiging, geen draai! Hij keek om zich heen. De danszaal was ook al zo hoog. Er was één grote spiegelwand, tegenover de ramen, met een barre. Aan de ene korte kant van de zaal was ook een barre en de andere kant werd aan het zicht onttrokken door een zwart gordijn.

Hij zag nu ook de meisjes, een stuk of vijftien schatte hij, variërend in leeftijd van ongeveer negen tot een jaar of dertien, veertien. Sommige meisjes waren echt klein! Basisschoolkinderen, net als Ties. En dat moest ook hier naar school?! Nu kwam er nog een jongen binnen, die beslist ouder was dan Sam. Dan waren ze dus met vijf jongens!

Ze stonden op een kluitje bij elkaar, onwennig en gespannen. Een aantal maakte vast wat spieren soepel. Normaal werd er veel meer bewogen vlak voor een les begon, maar hier was alles anders dan anders.

Dezelfde man die bij de deur had gestaan, nam het woord. Hij heette hen nog een keer welkom en stelde zich voor: 'Ik ben Raoul van der Weij, coördinator van de vooropleiding. Dat betekent dat ik veel regelwerk doe, maar ik geef ook les. Jullie zien daar drie andere docenten staan: zij geven klassiek, modern en dansexpressie.' Hij noemde ook hun namen, maar die vergat Sam meteen weer.

'In die volgorde zullen ze ook lesgeven. Met z'n vieren kijken we hoe jullie het doen. Probeer deze dag gewoon als een dag met verschillende lessen te zien, zoals je die anders ook krijgt. We gaan ervan uit dat de kinderen die hier auditie doen al een zekere fysieke en artistieke ontwikkeling hebben doorgemaakt. In gewoon Nederlands betekent dit dat jullie al een beetje kunnen dansen.'

Er werd voorzichtig gelachen door een paar meisjes.

'We willen een idee hebben van je mogelijkheden, hoe je beweegt, hoe je muzikaliteit is, je uitstraling, je creativiteit. We willen ook weten of jullie lichamelijk geschikt zijn voor een opleiding als de onze. Eén docent staat steeds les te geven, maar met zijn vieren bekijken we wat jullie kunnen en hoe jullie dansen.'

Er werd ademloos geluisterd. Niemand bewoog nog.

'Fouten maken is helemaal niet erg, je hoeft vandaag niets bijzonders te presteren. Het gaat ons erom hoe snel je leert en hoe je reageert op aanwijzingen. Als je kunt oppikken wat wij tegen je zeggen, is dat alleen maar goed.'

Nou, dacht Sam, daar ben ik het toch niet mee eens! Er hing heel wat af van wat hij presteerde vandaag! Maar hij snapte wat de man bedoelde. Het stelde hem gerust, want hij was een beetje bang geweest dat hij nu moeilijke passen moest laten zien. Of in zijn eentje moest vóórdansen!

'Kom, we gaan beginnen!' sloot meneer Van der Weij af. 'De eerste les is klassiek.'

Sam trok zijn trui uit en gooide hem in een hoek. De docente klassiek kwam naar voren gelopen en vroeg hun aan de barre te gaan staan, waar ze met verschillende oefeningen begonnen. Even dacht Sam nog aan Thom, die nu ook aan het dansen was, maar dan bij de jeugdopleiding Dans. Thom alleen met veertien meiden. Maar algauw was er geen ruimte meer om te denken. Het was hard werken. Hij wilde het zo graag goed doen, maar hij vond de meeste oefeningen best lastig, ook al deden ze een groot aantal ook op de opleiding thuis.

De docente liep tussen hen door en corrigeerde hier een been en daar een arm. Vroeg: 'Kun je verder? Kun je hoger? Kun je meer uitdraaien?' De eerste keer dat ze bij Sam stil bleef staan, werd hij helemaal zenuwachtig en prompt lukte het niet meer de beweging goed uit te voeren. Ze trok aan zijn benen en aan zijn rug totdat het pijn deed. Het zweet brak hem uit. En heel veel meisjes leek dit zo gemakkelijk af te gaan! Zouden die allemaal als klein meisje met klassiek zijn begonnen? Klassiek was niet zijn sterkste kant. Hij begon te twijfelen, zou hij wel goed genoeg zijn? Klassiek was de basis, zei zijn docente altijd.

Na een korte pauze waarin Sam gretig wat water dronk, gingen ze verder met klassiek. Vastbesloten zich door die gedachte niet uit het veld te laten slaan, zette hij zich voor honderd procent in. De les leek inderdaad op die van de jeugdopleiding. Maar Sam was wel veel meer gespannen, ondanks de woorden van meneer Van der Weij. Maar het lukte hem steeds beter zich te concentreren op zijn bewegingen. Hij vergat dat er mensen naar hem keken, hij vergat dat Thom er niet was. Hij kroop steeds meer in zijn lijf en bewoog zoals van hem verwacht werd.

Tijdens de lunchpauze trokken ze hun truien en schoenen aan en gingen ze naar de kantine, waar een tafel vol broodjes, fruit en melk klaarstond. Er werd druk gepraat, iedereen moest iets van de spanning kwijt. De vijf jongens zaten bij elkaar en bespraken de les. Sam voelde zich rustiger worden toen hij hoorde dat de anderen ook moeite hadden gehad met bepaalde passen. Klassiek lag hen alle vijf niet zo. Maar dat het erbij hoorde, wisten ze heel goed.

Twee meisjes hoefden niet terug te komen na de pauze. Zij hadden nu al te horen gekregen dat het niets zou worden met hen. Te weinig basis, werd er gezegd. Dat zette de rest van de dansers weer meer onder spanning. Ze kregen nu modern. Eerst kwam er een uitgebreide warming-up, daarna een tijdlang allerlei oefeningen.

Ook nu liep de docente tussen hen door om te corrigeren, maar ze had een bemoedigende glimlach op haar gezicht. 'Goed zo, Sam.'

Daarna dansten ze een paar combinaties. Die waren heel goed te doen, vond Sam. Soms keek hij naar de anderen. Hoe dansten die? Er waren heel goeie bij! Vooral dat ene meisje! Maar zij was hem in de pauze ook al opgevallen, ze had een beetje een airtje van: ik kom hier natuurlijk helemaal goed doorheen. De jongens deden niet erg voor elkaar onder, vond Sam. De jongen die het laatst binnen was gekomen, was goed. Ramón ook. Maar Bauke had wat moeite met sommige bewegingen. Hij danste mooi, maar was een beetje stijf, zag Sam. Ties was van hen het beste met klassiek geweest. Hij was dan ook super lenig.

In de loop van de middag werd Sam steeds zekerder van zichzelf. Hij werd ook steeds meer baas over zijn bewegingen, zijn lijf deed precies wat hij wilde. Op het laatst hoefde hij er zelfs niet meer bij na te denken. Op dat moment bestond zijn wereld alleen nog maar uit die zwarte vloer, zijn dans en de bewegingen van de anderen. De rest was weggevallen. Er bestonden geen docenten meer, er was geen Thom. Niets bestond meer, behalve dit: dansen! En alles leek te kloppen: zijn lichaam, zijn spieren, zijn hoofd, zijn hart. In volledige harmonie met de muziek, de ruimte, de dans. Sam ging totaal op in wat hij deed.

Tot slot hadden ze een les dansexpressie. Dat was ook een leuk onderdeel. Er kwam veel improvisatie bij kijken en daar hield hij wel van. Nu moest er ook samengewerkt worden. Er werd af en toe flink bij gelachen. Veel eerder dan verwacht was het vijf uur. De auditie was afgelopen. De dansers waren moe, maar de docenten keken tevreden.

Raoul van der Weij kwam weer naar voren. Hij gaf de groep een applausje. 'Petje af!' zei hij. 'Heel mooi! Goed gedanst, goed gewerkt! Het zit erop, jongens en meisjes. Jullie kunnen gaan douchen. Jullie ouders zitten al te wachten in de kantine. Daar staat nog wat te drinken klaar. Wij hebben na zo'n dag een aardig beeld van hoe jullie zijn en wat jullie kunnen. Binnen een week komt de brief met de uitslag.'

Sam stond nog na te hijgen. Ondertussen keek hij om zich heen naar de andere dansers. Wie van hen werd aangenomen? Wie afgewezen? En wat ging er met hém gebeuren?

een dief op school

Op de terugweg was Sam aan een stuk door aan het ratelen. Hij moest uitgebreid vertellen hoe hij het had ervaren. Maar hoe dichter ze bij huis kwamen, hoe stiller hij werd. Thom.

Hoe zou het met hem zijn? Hoe was zijn dag geweest? Had hij lekker gedanst?

Ze troffen hem aan op de bank in de huiskamer. Hij hing onderuitgezakt voor de tv, een zak chips naast zich.

'Was het leuk?' vroeg Thom met zijn blik op de tv gericht. Sam begon te vertellen, ook zijn moeder en Alex kwamen erbij zitten, maar het leek Thom niet echt te interesseren. Eén oor en één oog waren maar voor Sam. Toch stelde hij nog twee vragen.

'Hoeveel jongens waren er?'

'Vijf.'

'En ben je aangenomen?'

Zijn stem klonk anders dan anders, vond Sam, gespannen. 'Volgende week krijg ik pas bericht,' zei hij.

'O.'

'Ik ben in ieder geval niet direct afgewezen. Dat is alvast wat. Tussen de middag zijn twee meisjes naar huis gestuurd en aan het einde van de middag kreeg nog iemand te horen dat ze niet was aangenomen. Over de rest gaan ze nog praten.' Sam zweeg even. 'En hoe heb jij het gehad? Lekker gedanst?'

'Nou, niet echt, dat snap je ook wel,' was het scherpe antwoord.

Op dat moment werden de bestelde pizza's bezorgd en konden ze aan tafel. Sam bleef maar vertellen, zo graag wilde hij het delen.

Thom wendde onverschilligheid voor, niet alleen aan tafel, en de rest van die avond, maar die hele lange week van wachten.

Elke dag liep Sam, als hij uit school kwam, eerst naar de keuken, waar op een hoek van het aanrecht altijd de post werd neergelegd. Op maandag en dinsdag kon hij nog helemaal niets verwachten, dacht hij, op woensdag waarschijnlijk ook niet. Toch fietste hij elke dag zo snel hij kon naar huis en liep hij met bonkend hart naar binnen. Op donderdag dan misschien? De hele dag dacht hij maar aan één ding... De uitslag!

Wat hadden ze precies gezegd? Over een week? Binnen een week? Als de brief donderdag niet kwam, dan toch zeker vrijdag. Als hij moest trainen, wist hij het!

Op donderdag lag er alleen maar een blauwgrijze giro-envelop op het aanrecht. Sam staarde ernaar en probeerde zijn hartslag te tellen. Rustig nou, dacht hij. En: Is dit een goed teken? Of juist niet? Stel nou...

Hij msn'de met Ramón, een van de jongens die ook auditie had gedaan. Ze hadden e-mailadressen uitgewisseld en ze kletsten uitgebreid over hun zenuwen en over het feit dat ze zich zo slecht op school konden concentreren.

Want het was lastig je aandacht bij school te houden als je zat te wachten op belangrijk nieuws. Zou dit zijn enige jaar op het Carry van Bruggen zijn? Of liep hij volgend jaar weer hier als tweedeklasser? Maar opletten was wel belangrijk, hij kon niet naar de vooropleiding als hij nu ineens allemaal slechte cijfers haalde. Dáár moest hij ook de havo doen, in combinatie met al die danslessen. Zou het een beetje op elkaar aansluiten, de verschillende vakken daar en hier?

Thom zat naast hem in de klas, dichtbij, maar toch zo ver weg. Die kwaadheid van hem was bijna nog beter te verdragen geweest dan deze onverschilligheid. Daan en Boyan vroegen Sam wat er was, en leefden mee. Sam telde elke dag de uren op school, vol ongeduld om naar huis te gaan. Die vrijdag kroop de dag nog trager voorbij. Vanmiddag zou de brief er toch echt zijn...

Ze zaten in de kleine pauze met de halve klas bij elkaar in de kantine. Katja, die naar de balie was gelopen om iets lekkers te kopen, kwam met een geschrokken gezicht bij hen terug: 'Nou is míjn portemonnee weg! Jullie hebben zeker niet gezien...'

'Nou ja!' viel Kirsten haar in de rede. 'Wéér een portemonnee gejat!'

Katja fronste haar wenkbrauwen. 'Ik zei alleen maar dat hij weg was.'

'Thuis laten liggen?' vroeg Sam.

'Vanochtend had ik hem nog. Ik denk dat ik hem ben verloren...'

'Niet verloren, hij is gestólen!' herhaalde Kirsten.

Katja keek haar aan. 'Nou ja, dat weet je toch niet? Hij kan uit mijn tas zijn gevallen...' Maar het klonk alsof ze het zelf niet geloofde.

'Vervelend voor je,' zei Anne.

'Zat er veel in?' vroeg Lara.

'Best wel,' antwoordde Katja.

Kirsten keek de kring rond. 'Van wie is er nu iets gestolen?' Ze somde zelf op: 'Van Katja, van mij, van Jan-Hille.'

'Van mij,' zei Anne.

'Van mij,' zei Sam. 'Misschien.'

'En van jou toch ook, Thom?' vroeg Anne.

Die haalde zijn schouders op. 'Dat was in de vakantie.'

Een van de anderen, Christa, biechtte toen op dat zij altijd het sleuteltje van haar kluisje los in haar etui bewaarde, en dat dat ook weg was, eerder deze week. Zowel haar mobiel als haar mp3-speler waren uit haar kluis gehaald. Verslagen hoorde de rest van de klas het aan. Hoe kon dat allemaal gebeuren?

Kirsten stond op. 'Ik ga iedereen even langs! Vragen wie er nog meer iets mist.'

Algauw was ze terug. 'Nog meer slachtoffers! Arjen is zijn i-pod kwijt en Esma haar geld. Er zit een dief op school! Onze spullen zijn niet meer veilig! Jongens, ogen en oren openhouden, en alles van waarde in de kluis! Sleuteltje in je ondergoed bewaren!'

'Heb je het tegen de conciërge gezegd?' vroeg Daan aan Christa. 'Of aan Scheltema?'

Ze knikte: 'De conciërge zei dat er op elke school wel eens wat gestolen wordt. Dat je goed op je spullen moet passen.'

'Wel eens... Dit is toch niet meer wel eens?!' zei Kirsten verontwaardigd.

'En mevrouw Scheltema zou het doorgeven aan... Nou ja, aan iemand, ik weet niet meer wie,' zei Christa.

'En vervolgens gebeurt er natuurlijk niks,' zei Daan.

Dat dacht Sam ook: 'Ze kunnen moeilijk duizend leerlingen ondervragen.'

'Nee, maar Scheltema zei ook dat ik aangifte moest doen bij de politie.'

'Kunnen wij niet wat doen?' vroeg Kirsten.

'We kunnen kijken of iemand zich verdacht gedraagt,' zei Daan.

Christa zei: 'Scheltema vroeg nog wel of het alleen bij ons was of dat we wisten of er in andere klassen ook gestolen werd.'

Ze keken elkaar allemaal aan.

'Weet iemand dat, of er andere slachtoffers zijn?' vroeg Kirsten. 'Ik heb niets gehoord van andere klassen.'

'Dan zit de dief misschien wel in onze klas...' Anne zei het voorzichtig.

'Nee!'

'Zou het?'

'Een van ons?'

Nu praatten ze allemaal door elkaar. Een paar dachten dat het waar kon zijn, anderen protesteerden. Het idee! Maar je wist het maar nooit. Ido noemde al namen. Geen van beiden zat op dat moment bij hen. 'Reny? Tijmen misschien? Die zijn allebei nogal achterbaks. Ze hebben al eerder dingen geflikt, ze doen nooit ergens aan mee, ze gaan nooit met ons om. En als Tijmens moeder in een inrichting zit...'

Dat viel niet goed bij Kirsten. 'Ja? Wat dan? Dat betekent DUS dat Tijmen crimineel is? Nou, dan is je zusje het ook!'

'Ik heb geeneens een zus,' grijnsde Ido.

Reny? Tijmen? Het kon, dacht Sam, maar niet omdat Tijmens moeder in een inrichting zat. En dat Tijmen niet met hen omging, was ook niet helemaal waar. Hij was wel bevriend geraakt met Boyan. Ze zaten naast elkaar en gingen buiten de les ook met elkaar om, wist hij.

Tijmen of Reny een dief? Tja, waar baseerde je zoiets op? En waarom zouden ze dat doen?

Maar Lara merkte op: 'Hé, wacht eens even! We kunnen toch niet zomaar iemand gaan beschuldigen?'

Had Kirsten hetzelfde gedacht? Ze riep uit: 'Daan!

Boyan! Jullie moeten in actie komen! Wij geven jullie als klas de opdracht om uit te zoeken wat hier aan de hand is! Ga de gangen van die twee na, weet ik veel. Maar doe iets! Mee eens, iedereen?'

Omdat Daan en Boyan eerder dit schooljaar hun sporen al hadden verdiend als succesvolle speurders, knikten de meeste kinderen.

Maar Katja zei: 'We moeten allemaal heel goed opletten. Niet alleen op onze spullen, maar ook of we iets verdachts zien. Wat Daan net al zei.'

Iedereen knikte. 'Ja, dat is het beste.'

Dus werd er afgesproken dat Boyan en Daan onderzoek zouden doen, én dat ze allemaal goed om zich heen zouden kijken.

Feestje voor drie

's Middags wist Sam niet hoe snel hij thuis moest komen. Hij sjeesde door de stad, reed door rood, en sloeg een straat in waar hij niet in mocht, maar die sneller was. Thuis gooide hij zijn fiets tegen de garagedeur en rende naar binnen. Buiten adem stond hij in de keuken.

Aan Sam Severein. Daar lag de brief! Daar was de uitslag! Sam stak zijn hand uit, maar bleef halverwege steken. Ineens durfde hij niet meer. Daar kon ook in staan dat hij was afgewezen. *Wegens het ontbreken van talent... Het spijt ons te moeten zeggen...* Sam zag de woorden al voor zich.

Nee! Zijn hart, dat nog tekeerging door het snelle fietsen, bleef maar te vlug slaan: bonk bonk, af-ge-we-zen, bonk bonk, af-ge-we-zen, bonk bonk, af-ge-we-zen. Je zou erop kunnen dansen, op dat ritme. Dans van de paniek...

Sam pakte de envelop en draaide hem om en om. Hij hield hem tegen het licht, maar er viel zo niets te lezen. Hij hoefde hem alleen maar open te maken. Dan wist hij het.

Sam liet zijn rugzak op de keukenvloer vallen. Hij draaide de kraan open en dronk zo van de straal, met in zijn linkerhand nog steeds de brief. Als hij hem nou direct open had gemaakt, zou hij het nu al weten.

Ineens scheen het Sam toe dat hij het nooit gehaald kon hebben. Ramón, ja, die was natuurlijk aangenomen. Straks msn'en? No way! En dan zeker te horen krijgen dat hij wel en Sam niet... Hij wilde het niet weten!

92

Sam liet de brief vallen en sloeg op de vlucht naar zijn kamer. Maar toen hij eenmaal daar zat, was het of de brief nog steeds in zijn hand brandde. Hij schudde met zijn hand, maar raakte het gevoel niet kwijt. Hij zette zijn tv aan, maar was met zijn gedachten alleen maar bij de brief, die ongeopend op de keukenvloer moest liggen.

'Sam! Sam! Waar zit je? Ben je boven?'

Hij hoorde zijn moeder roepen. Die was natuurlijk net zo nieuwsgierig als hij. Hij hoorde op zijn kamerdeur kloppen en toen stond ze al voor hem, haar gezicht een en al bezorgdheid.

'En?'

Sam gaf antwoord, maar zijn stem piepte zo raar: 'Ik durf niet!'

Zijn moeders gezicht veranderde als bij toverslag. 'Je hebt de brief nog niet opengemaakt!' zei ze opgelucht.

'Nee. Misschien ben ik wel afgewezen... Ik wil het niet weten.'

'Och schat, ik dacht al dat het mis was. Ik hoorde geen juichkreet, ik hoorde je alleen maar naar je kamer rennen.' Ze keek in het rond. 'Waar is de brief?'

'Beneden. Ik heb hem uit mijn handen laten vallen.'

'Zal ik hem halen?'

Sam knikte. Hij moest het toch weten. En als hij nu wel aangenomen was, dan was dit allemaal voor niets. Hij wachtte de terugkeer van zijn moeder met angst en beven af, ondertussen zichzelf de huid vol scheldend dat hij zo'n angsthaas was. Het hielp een beetje.

'Maak jij maar open,' zei hij toen ze weer in zijn kamer stond. Op haar gezicht zou de inhoud wel te lezen zijn. Liever dat, dan de letters keihard zwart op wit.

Ze ging naast hem op het bed zitten. 'Oké, daar gaat-ie

dan.' Zijn moeder wurmde haar vinger achter de dichtgeplakte driehoek aan de achterkant van de envelop en Sam hoorde het scheuren van het papier. Wat zou er tevoorschijn komen? Nu kropen haar vingers in de envelop en ze haalden er een wit vel uit. Dubbelgevouwen natuurlijk. Dat moest nog open. Gespannen keek Sam naar het gezicht van zijn moeder, waarop zo meteen... Door zijn wimpers zag hij haar ogen snel heen en weer flitsen. Toen begon ze te stralen!

'Sam!' riep ze uit. Verder kwam ze niet. Met een juichkreet pakte ze hem beet en drukte hem stevig tegen zich aan. Ze zei nog een paar dingen, maar die verstond Sam niet omdat ze gesmoord werden in hun omhelzing.

Sam voelde tranen opkomen en met de bibbers in zijn stem vroeg hij voor de zekerheid: 'Dus ik ben aangenomen?'

Zijn moeder hield het ook niet droog. Samen moesten ze eerst een potje janken voor Sam in staat was zelf de brief te lezen. En ja, daar stond het zwart op wit: *We zijn erg blij je te kunnen vertellen dat we je graag aannemen als leerling van de vooropleiding van de dansacademie.*

Hij had het gehaald!

'Geweldig! Gefeliciteerd!' riep zijn moeder uit. 'Feest! We gaan feestvieren!'

Er stond nog veel meer in de brief. Iets over een kennismakingsmiddag, alles over mogelijke gastgezinnen en informatie over de middelbare school waar hij heen zou gaan. Sam voelde dat hij zijn zenuwen nog niet los kon laten... er moest nu ineens heel veel geregeld worden!

'Ik ga taart halen!' zei zijn moeder.

'En ik ga kijken of Rámon online is.'

Toen viel Sam stil.

Zijn moeder begreep het direct: 'Thom is nog niet thuis, hè?'

Zou hij weer zo laat thuiskomen, net als gisteren? De hele week al hadden ze niet samen op gefietst en kwam Thom laat thuis.

Zijn moeder ging naar de bakker en Sam opende msn. Rámon was niet online, maar had een mailtje gestuurd. Ook hij was aangenomen. Super! Hij had alvast een vriend voor volgend jaar!

Zijn moeder was snel terug en even later kwam Alex ook al thuis, vroeger dan normaal. Het werd een feestje voor drie. Thom belde dat hij bij Daan was, en op tijd thuis zou zijn voor hun training van die avond.

Hij kwam op het nippertje aanscheuren. Hij vloog de trap op om zijn danskleren op te halen, daarna rende hij Sam straal voorbij om in de keuken snel een paar boterhammen uit de broodtrommel te graaien. Uit de keukenkast haalde hij een pakje appelsap, en in één beweging door griste hij een appel uit de fruitmand. Pas in de auto, samen op de achterbank, op weg naar de training, keek hij Sam aan.

'Ik ben aangenomen,' zei Sam.

Thoms gezicht verstrakte. Sam zag het verdriet eroverheen kruipen, en het was of iemand in zijn hartspier kneep. Te hard. Het deed pijn.

Sam wist niets te zeggen. Thom zoog zijn lip naar binnen en zei ook niets. Alex zette de radio aan, zodat het niet zo stil was in de auto.

Pas in de kleedkamer zei Thom: 'En ga je nu ook daarheen?'

'Ja, natuurlijk, hoezo?' Had Thom echt gedacht dat hij alleen voor de auditie ging? En nu nog zou besluiten om toch maar thuis te blijven?

'Dan gaan we dus uit elkaar!' Thoms stem klonk niet als die van hemzelf.

Zo zag Sam dat niet, maar het had geen zin dat nu tegen Thom te zeggen, voelde hij. Hij stond op en ging de dansstudio binnen. Daar was niet Eva en ook niet een van hun eigen docenten. Er stond een jongeman met een bruine huidskleur en heel bruine ogen. Hij droeg gympen, een zwarte trainingsbroek en een soort baseballshirt. Dat was ook zo! Ze kregen breakdance vandaag! Dat gebeurde wel vaker dat ze een serie lessen uit andere dansdisciplines hadden.

Hoewel hij popelde het aan iedereen te vertellen, besloot hij dat straks in de pauze te doen.

Even later bonkte heel andere muziek dan op andere vrijdagen uit de boxen. De warming-up was zwaar. Eindeloos veel rondjes liepen ze. Het leek meer een soort conditietraining. Goed, dacht Sam, dat is goed. Het verdoofde, het putte hem uit. Bij de oefeningen die ze even later deden, dacht hij: Het is een krachttraining. De meiden hadden het zwaarder dan Thom en hij. Ze zweetten, ze klaagden. Ze hielden het maar net vol. Maar daarna kwam het echte werk: ze leerden op hun rug rollen van de ene zij op de andere waarbij ze hun benen in de lucht moesten scharen, ze draaiden zittend als een tolletje in het rond met hun knieën onder zich gebogen, ze kromden hun ruggen en sprongen daarna vanuit ligstand omhoog, ze maakten een soort handstand, leunend op hun voorhoofd en op één hand. Het was stoer en het had ook wel iets weg van acrobatiek. Zie je wel, je moest als danser net zo sterk zijn als willekeurig welke sporter. Hij zag Thom genieten.

Dat was afgelopen zodra de pauze begon. Ze spurtten naar de kraan en veegden met hun handdoeken het zweet van hun gezicht. Eva had het laatste kwartier lachend naar hen staan kijken. Sam ging naar haar toe om het nieuws te vertellen. De meiden kwamen erbij staan en ze gilden het uit: 'Wauw! Super! Te gek! En dan word je dus echt beroemd later!'

Eva feliciteerde hem. 'Goed zeg! Heel fijn voor je. Ik vind dat zij groot gelijk hebben jou daar te willen hebben, al vind ik het jammer dat wij jou dan kwijt zijn.'

Sam bloosde ervan, maar zijn gezicht was nog rood van de inspanning, dus dat viel gelukkig niet op.

Toen keken ze om zich heen en de onvermijdelijke vraag volgde: 'En Thom?'

Thom was nergens te zien, die was vast de kleedkamer in gevlucht.

'Thom heeft geen auditie gedaan.' Sam probeerde het in zijn plaats een beetje uit te leggen, maar voelde zich ineens veel minder blij. Waarom had Thom dan ook niet mee willen gaan? Een wirwar van emoties mengde zich na de pauze met zijn dans, bonkend als de muziek van zonet. Het bedierf zijn goede stemming!

Het stuk taart dat thuis nog op Thom wachtte, wilde die niet opeten. Zondagavond gooide zijn moeder het weg. Het zag er niet fris meer uit.

in de fik

Sam was het pinksterweekend druk bezig met zijn toekomst. Samen met zijn moeder en Alex bestudeerde hij
alle brochures, en maakten ze lijstjes van wat er allemaal
geregeld moest worden: Sam moest zich nu officieel
aanmelden, ze moesten contact opnemen met de nieuwe
school en op zoek gaan naar een gastgezin. Thom deed of
het hem allemaal niets kon schelen. Hij bemoeide zich
nergens mee, had er helemaal geen belangstelling voor en
ging zijn eigen gang. Sam was verdrietig dat het zó moest
lopen.

Dinsdag voor schooltijd stond hij met Daan en Boyan te
praten. Ze hadden Sam op msn al gefeliciteerd, maar nu
kwamen ze erop terug.

'Dus je gaat weg,' zei Boyan.

'Dan zit je niet meer bij ons op school,' zei Daan.

Sam lachte om hun beteuterde gezichten. 'Ja, ik ga weg.'

'Dat vinden wij niet leuk,' zei Daan uit naam van allebei.

'Nee, dat snap ik,' zei Sam, weer ernstig. 'Ik ook niet. Om
bij jullie weg te gaan, bedoel ik. Maar ja.'

Daan herhaalde: 'Maar ja.'

Boyan knikte. 'En Thom vindt het helemaal een rotstreek
dat je weggaat.'

'Dat is...' begon Sam, maar Daan viel hem in de rede:
'Daar kun jij niets aan doen. Maar hij heeft het er heel moeilijk mee.'

'Ik weet het,' zei Sam. Thom had er dus met hen over gepraat.

Na de pauze liep Sam met Daan en Boyan naar binnen.
Ze hadden nu eerst proefwerk Nederlands, een tekst met
vragen. Daar hadden ze veel tijd voor nodig, Sam was nog
aan het schrijven toen de bel ging. Snel maakte hij zijn antwoord af, ze hadden hierna Frans en daar mochten ze niet
te laat komen.

Het tweede uur was nog maar net begonnen of de bel begon alweer te zoemen, een paar keer achter elkaar. Iedereen keek verbaasd op. Foutje van het systeem? Hij klonk
behoorlijk indringend, die bel, en ging maar door.

'Wat is dat? Waarom gaat de bel?' vroeg iedereen zich
af.

Bruis zei ineens: 'O ja, brandalarm. Dames en heren, rustig blijven. Lara en Abdoel, doe de ramen dicht en dan iedereen meekomen. Naar buiten.'

Prompt was er lawaai en chaos in de klas. De meesten
wilden hun tas meenemen, maar Bruis riep erboven uit:
'Nee, geen spullen meenemen! Alles laten staan. Tijmen,
Ido, geen jas mee, en tassen achterlaten.'

Tijmen protesteerde: 'Ik laat m'n boeltje niet in de fik
vliegen. Dan moet ik er even wat uithalen!'

Nu bulderde de strengste leraar van de school: 'Laat
staan! Het lokaal uit! De gang op! Je verspert de weg!'

Tijmen gehoorzaamde. Hij liet zijn tas achter en liep de
gang op. De anderen volgden hem. In de deuropening werd
het een enorm gedrang, lachend duwden ze elkaar het lokaal uit.

Bruis riep hen nog na: 'En bij elkaar blijven!' Hij kwam
als laatste achter hen aan.

Op de gang gingen ze rennen. Bij het trappenhuis was

het erg druk met al die andere klassen die de school moesten verlaten.

'Is dit nou echt of is dit een oefening?' vroeg Lara die naast Sam liep.

'Een oefening,' stelde Sam haar gerust.

'Als dit echt was, hadden we een probleem,' wees Lara op het duwen en schreeuwen op de trap.

Maar nu was het vooral grappig. Elke afwisseling van de normale gang van zaken was welkom, iedere verstoring van de les leuk. De leraren vonden het minder leuk. Ze probeerden over de herrie van al die leerlingen heen te schreeuwen dat iedereen rustig naar beneden moest lopen. En dat de klassen zo veel mogelijk bij elkaar moesten blijven.

Eindelijk waren ze beneden. Sam keek op zijn horloge. Daar hadden ze twee minuten over gedaan, dat was vast te lang.

Ze werden naar buiten gedreven door de directeur. 'Doorlopen! Doorlopen! Kom op, sneller!' Op het plein stonden andere schoolleiders die de leerlingen verschillende kanten op stuurden. Een deel moest naar de straatkant, zij moesten doorlopen naar het grasveld achter de school.

Toen ze daar stonden, riep Bruis: 'Zijn we er allemaal? Missen we iemand? Kijk eens goed om je heen! Zijn we compleet?'

Ze begonnen te lachen. De klassen stonden op een kluitje bij elkaar. Het was lastig om te zien of iedereen er was. Maar Bruis zei: 'Kijk om je heen of degene die naast je zit, hier is!'

Toen begon Tijmen te grinniken: 'Nee, helaas is Boyan omgekomen in de vuurzee. Ach, die greep ook zo snel om zich heen!'

'Geen grapjes maken!' vond Bruis. 'Heeft iemand Boyan gezien?'

'Verbaast me niks,' zei Ido. 'Boyan is de snelste niet.'

'De rest is er wel?'

Dat was amper te controleren, dacht Sam, zo'n chaos was het. Toch kwamen ze eruit: Arjan zagen ze niet, Maurice niet, en ook Hayat en Esma ontbraken. 'Fraaie boel, oefening mislukt!' zeiden ze tegen elkaar. 'Wat een zootje!'

Er zwierven meer kinderen over het grasveld op zoek naar hun klas. Dat moest, de leraren moesten weten wie eventueel nog in het brandende gebouw kon zitten.

En toen begon het wachten. 'Waarop eigenlijk?' vroeg Thom.

'Op het sein brand meester!' zei Tijmen.

'Gelukkig is het droog!' grijnsde Kirsten.

'Maar wel koud!' zei Lara. Het was bewolkt. Ze had kippenvel op haar armen, zag Sam. Nu was de lol er wel af. Het wachten duurde lang, en ze kregen het allemaal koud.

'Meneer, u moet maar vragen of we bij de volgende brandoefening onze jas mee naar buiten mogen nemen!' zei Lieke.

En Kirsten zei: 'Of alleen oefenen als het minstens twintig graden is.'

De ontbrekende klasgenoten hadden inmiddels de groep gevonden, Boyan als laatste. Sam zag hem en begon te zwaaien. 'Kijk, daar is Boyan! We staan hier, Boyan!'

'Herrezen uit de as,' zei Tijmen met een grijns, 'net als, hoe heette die gast ook weer, Feniks of zo?'

Het was bijna niet mogelijk over het lawaai van een paar honderd leerlingen uit te komen, maar Boyan keek de goede kant op. Hij hijgde toen hij eindelijk bij hen stond. 'Nou ja, ik kon jullie niet vinden! Ik keek om me heen en was iedereen kwijt.'

Er werd om hem gelachen. Boyan was zo vaak iets of iemand kwijt.

Het duurde nog tien minuten, toen mochten ze weer naar binnen. In de klas zeiden ze nog een keer tegen Bruis dat ze de oefening een zootje vonden, maar ook best lollig, lieten ze erop volgen.

Dat vond Amarins niet. 'Hé, mijn vulpen is weg!'

Ze gingen allemaal om haar heen staan en Bruis greep niet eens in. De verontwaardiging was groot. 'Goh, meneer! Dat komt er nou van als we onze spullen onbeheerd achter moeten laten!'

'Ongelooflijk! Elke sukkel kon in ieder lokaal zijn slag slaan!'

Amarins had de tranen in haar ogen staan. 'Het was een hele dure,' zei ze. 'Zal mijn vader blij mee zijn.'

'Shit! En mijn rekenmachine is gepikt!' De stem van Abdoel schoot de lucht in.

Nu ging iedereen voor de zekerheid zijn bezittingen na. Hayat miste haar mobiel en Amarins ook nog haar portemonnee. Bruis stond er hoofdschuddend bij. Tijmen was woedend: 'Klote-oefening, meneer! Hier hoort de school meer van! We gaan allemaal een klacht indienen.'

Van lesgeven kwam het niet meer. Bruis liet iedereen opschrijven wat hij of zij miste en beloofde iets voor hen te regelen.

Het brandalarm en de gestolen spullen waren het gesprek van de dag. En toen zei iemand tijdens de volgende pauze zomaar: 'Nu hebben we een paar mogelijke verdachten.'

Ze zaten weer met een heel stel in de kantine. Sam keek op. Wie zei dat? Bas?

'Ja, man!' viel Ido bij. 'Er waren er een paar te laat buiten. Die hadden dus lekker de tijd om eventjes onze tassen te doorzoeken.'

Bas somde op: 'Maurice, Arjan, Esma, Hayat en Boyan. Die bleef het langste weg.'

Maurice stoof verontwaardigd op: 'Ja hé, dat pik ik niet! Dat heb ik dus mooi niet gedaan! Ik was jullie echt kwijt. Waarom zou ik zoiets doen, man!'

'Rustig maar,' suste Ido. 'Wij zeggen alleen maar dat je je eventueel verdacht hebt gedragen.'

Maurice vond het maar niks. 'Waarom is dat nou gelijk verdacht? Het was een teringdrukte in de school. Dan kun je als klas toch niet normaal bij elkaar blijven?'

'Hé, kallum.' Jan-Hille legde zijn hand op de schouder van Maurice.

Arjan, de beide meisjes en Boyan zaten niet bij hen. Sam keek om zich heen of hij hen kon zien. Van Boyan wist hij dat die met Tijmen naar buiten was gegaan.

'Die meiden zijn onschuldig,' zei Bas.

'Hoe weet je dat?' vroeg Kirsten.

'Gewoon, dat denk ik,' legde Bas uit. Hij ging verder: 'Arjan dan? Da's zo'n stille.'

'Of zou Boyan het hebben gedaan?' zei Ido.

'Ja, dat zou heel goed kunnen. Boyan is vast de dief! Hij was het allerlaatste weer bij ons terug.' De stem van Jan-Hille klonk vol overtuiging. Ook Bas knikte driftig.

Maar Sam, Thom en Daan protesteerden. 'Ho! Wacht even!' Daan was verontwaardigd. 'Dat zegt dus niets! Iedereen kon het doen! Niet alleen die vijf. Het was in het lokaal zo'n gedrang en gedoe, dan kan iedereen zijn slag slaan.'

'En hoe weten jullie dat niemand anders even is achtergebleven?' vroeg Thom.

'Of iemand van de klas naast ons heeft zijn kans schoon gezien,' zei Daan. 'Jeetje, iedereen kan het gedaan hebben! Lege lokalen, een lege gang, een lege school!'

En Sam zei: 'Ja, een prachtige kans voor een dief.'

'Maar het was wel heel opvallend dat Boyan pas zo laat bij ons was,' ging Bas ertegen in. 'Dat moet je toegeven.'

'Jullie kennen Boyan ook langer dan vandaag: hij is nogal verstrooid,' zei Daan.

Gelukkig namen Lara en Anne het ook voor Boyan op. 'Die is gewoon de verkeerde kant opgelopen. Typisch iets voor Boyan.'

'Ja, vind ons maar eens als je wat langzamer bent dan de rest. Je moet hem nu niet direct verdenken. Het kan iedereen zijn geweest vandaag!'

Kirsten vroeg aan Daan: 'Hebben jullie nog wat ontdekt?'

'Neuh,' zei Daan. 'Niets bijzonders. Maar we hebben eerlijk gezegd nog niet zo intensief gespeurd. We waren vrij natuurlijk, dit weekend. We hebben meer tijd nodig.'

'Pff!' blies Kirsten. 'Als je vrij bent, kun je nog wel onderzoek doen.'

'Neuh, niet op school,' zei Daan droog.

'Ik vind het toch een heel vervelend idee,' zei Lieke, 'dat ik iemand uit de klas niet kan vertrouwen.'

'Misschien denk jij wel dat ik het heb gedaan,' zei Lara. 'Of jij, of jij. Ik vind dit stom.' Dat vonden ze allemaal: ze werden wantrouwend naar elkaar.

'Wat doen we nou?' vroeg Lieke.

'Boyan aangeven!' zei Ido.

'Nee!' Weer waren Daan, Thom en Sam het met elkaar eens. 'Je hebt geen spat bewijs. En waarom Arjan dan niet?'

'We kunnen hem eens aan de tand voelen,' stelde Bas voor.

Daan maakte een beweging met zijn hoofd. 'Ja hoor. Je hebt gezien hoe Maurice reageerde. Daar schiet je wat mee op.'

Thom zei: 'We moeten eerst maar afwachten of er uit meer lokalen is gestolen. Misschien heeft iemand wel de hele gang afgewerkt. Of is er een bende die wist van de oefening en die overal bezig was.'

'Heeft iemand zoiets gehoord?' Kirsten keek de kring rond.

'Laten we dat eerst maar gaan vragen,' stelde Lieke voor.

Sam wist niet wat hij ervan moest denken. Boyan deed zoiets toch niet? Hij keek later op de dag naar het smalle, altijd wat bleke gezicht van Boyan, zijn bril die van zijn neus zakte, zijn eeuwig kleurloze kleren. Boyan was zijn vriend, maar hoe goed kende hij hem echt?

Dan kende hij Daan beter. Die kwam af en toe langs om te computeren of met hem op de Nintendo te spelen. Daan praatte veel over zijn ouders die gingen scheiden en die ruziemaakten over waar zij moesten wonen, Daan en zijn zus. Daar was hij steeds heel open over, over wat er thuis gebeurde. Boyan vertelde nooit iets over zichzelf. Net of hij geen thuis had – geen moeder, geen vader, geen eigen kamer, geen broers en zussen. Gek eigenlijk. Zoals het ook raar was dat hij nog nooit bij Boyan thuis was geweest. En nóg gekker was het dat hij zich dat nú pas realiseerde.

Blauw en roze

Sam fietste zaterdagavond om half acht naar Liekes huis, Thom was al eerder vertrokken. Het was een zachte mei-avond. Sam was een beetje zenuwachtig om de rol die hij zou moeten spelen. Hij had een sms'je van Kirsten gehad dat ze na de pauze aan de beurt waren.

Er stonden al heel wat fietsen tegen het huis. Sam zette die van hem erbij en liep naar de deur. Nog voor hij kon aanbellen, werd er opengedaan door Lieke en Kirsten, allebei in het roze!

'Sam, kom binnen!' zei Kirsten.

'Welkom op deze speciale verkiezingsavond!' zei Lieke.

Kirsten gaf hem een blauw bloemetje. De steel was ingepakt in een stukje folie en er zat een speldje aan. Sam maakte het vast op zijn shirt. Hij had zich aan het kledingvoorschrift gehouden: hij droeg zijn blauwe spijkerbroek en een lichtblauw T-shirt.

Achter hem kwam Daan binnen, zijn gitaar op zijn rug.

'Waarom heb jij die mee?' vroeg Sam verbaasd.

'Op speciaal verzoek van Lara, maar vraag me niet waarom,' was het antwoord.

Nadat Daan zijn bloem had opgespeld, keken ze elkaar aan: 'Nou, zullen we dan maar?'

De ruime woonkamer was voor een deel leeggemaakt, zag Sam. Een halve kring van houten klapstoelen, twee rijen dik, stond rondom het vloerkleed opgesteld. Was dat het podium? In de hoek stond een computer klaar met een beamer en een groot wit scherm. Maar wat het meest opviel, was al dat roze: de meeste meiden waren er al, en ze hadden allemaal roze broeken of rokjes, kousen en truitjes, oorbellen en haarklipjes. Lara droeg zelfs een roze pruik! En allemaal hadden ze een roze bloemetje op.

'Oef!' zei Daan en hield zijn hand voor zijn ogen. 'Ik weet niet of ik hier wel tegen kan.'

'Het ging wel, hoor!' zei de vrouw die in de kamer stond. Ook Liekes ouders hadden zich in roze en blauw gekleed!

Lara en Anne kwamen op hen af.

'Hoi Sam, ha die Daan! Jullie mogen wat te drinken pakken en een stuk cake!' zei Lara.

'Alles zelf gebakken!' riep Anne trots.

In de achterkamer stond een lange tafel met een wit tafelkleed erover. Daarop stonden glazen, flessen met fris, pakken sap, bordjes, trommels en schalen, deels afgedekt met folie. Wel voor het grijpen was een grote schaal met cake. Hier en daar stond een vaasje met bloemen, ook roze en blauw! De meeste jongens zaten buiten. Met cola en cake gingen ze de tuin in, waar ze door een luidruchtig gebrul werden begroet.

Zo druppelde iedereen binnen. Blauw ging bij blauw in de tuin zitten, roze zat binnen bij roze. Roze was zenuwachtig, maar blauw net zo goed! Slechts een paar jongens waren niet in het blauw. Thom droeg zwart, zag Sam. Boyan kwam aanzetten in zijn eeuwige grijs, en Tijmen had een knalrode trui aan. Maar hij was er! Ook Adriaan en Asha waren uitgenodigd, en zij droegen eveneens roze en blauw!

'Dit zijn onze special guests,' kondigde Lieke hen aan. 'Een avond met de hele klas zonder jullie erbij kon eenvoudig niet.'

Iedere brugklas op het Carry van Bruggen had twee vijf-deklassers als extra mentoren, en Asha en Adriaan waren dus overal bij geweest.

Adriaan ging bij de jongens in de tuin zitten. Hij werd op de hoogte gebracht van de diefstallen na het brandalarm. Bruis was de eerstvolgende les Frans met de mededeling gekomen dat alle gedupeerde leerlingen van de brandoefening zich bij de directeur konden melden: ze zouden een schadevergoeding krijgen. Er was ook uit een aantal andere lokalen gestolen, steeds dezelfde dingen: geld, mp3-spelers, i-pods. Dat was een hele opluchting geweest, vond Sam. De dief hoefde dus niet per se bij hen in de klas te zitten. Aan de andere kant... in de periode daarvoor was er dus alleen maar in hún klas gestolen. Dat hadden ze van mevrouw Scheltema gehoord. Ze letten nu allemaal extra goed op hun spullen. Het onderzoek van Daan en Boyan had niks opgeleverd, hadden ze vanmiddag gemeld.

'En hebben jullie al van de schoolkrant gehoord?' vroeg Adriaan. 'Er is in het kamertje van de redactie ingebroken. Ze hebben het geldkistje meegenomen. Er zat vijftig euro in.'

'O, echt? Wanneer?'

'Dat weten ze niet. De redactie vergaderde vanmiddag en toen hebben ze het ontdekt. Een vriend van mij zit in de redactie.'

Het ging dus maar door en door. Sam zuchtte. Kirsten zat ook in de redactie, hij zou haar straks eens vragen. O, daar kwam ze net aan. Nu moest ze eerst antwoord geven op hun vragen.

'Ja, dat klopt. Ik ben zó kwaad. De deur was opengebroken. Ja, vijftig euro, dat is heel erg balen! Maar komen jullie? We gaan beginnen.'

Stoeierig stonden ze op en met veel kabaal volgden ze Kirsten naar binnen. Daar verdeelden ze zich over de klapstoelen en toen iedereen zat, ging Kirsten in het midden staan en begon iedereen toe te spreken: 'Hartelijk welkom op deze verkiezingsavond! Fijn dat jullie er zijn, jongens! Want om jullie draait het uiteindelijk allemaal!'

Sam zag de jongens onrustig op hun stoel schuifelen. Wat stond hen te wachten? Hij grinnikte.

'Voor ik de spelregels uit ga leggen,' ging Kirsten verder, 'wil ik de vader en moeder van Lieke bedanken dat we dit feest in hun huis mogen houden. Graag een applausje!'

Braaf deed de klas wat Kirsten vroeg. Daarna zei ze: 'Oké, dan gaan we zo los met de verkiezingen.' Als een volleerde presentatrice draaide ze weer in het rond om alle jongens aan te kunnen kijken. 'Jongens! Dáár gaat het deze avond om. Om het verschil extra duidelijk te maken, hebben we iedereen gevraagd de traditionele kleuren te dragen: jongens in het blauw, meisjes in het roze.'

Een mompelend gemopper maakte duidelijk dat ze daar niet allemaal even gelukkig mee waren, maar Kirsten glunderde.

Sam wist natuurlijk welk verhaal Kirsten zou houden. Terwijl zij vertelde over het waarom van deze avond, lette hij meer op de gezichten van de jongens dan op haar. En hij zag de verrassing, het ongeloof, de lach en de vraagtekens.

'We wilden allemaal boyoloog worden. Maar waarom?' Kirsten keek de kring rond. 'Nou, dat leek ons dus handig. Voor als we verkering krijgen, en ook voor nu; we moeten tenslotte elke dag met elkaar optrekken.'

De meiden zaten erbij met een triomfantelijk gezicht.

Dat de jongens nog niet wisten waar dit heen moest, was duidelijk en de meiden genoten ervan.

'Vanavond...' Kirsten had diep adem gehaald en ging op opgewekte toon verder, 'vanavond gaat het erom wie de beste jongenskenner is. Oftewel: Wie is de beste boyoloog?' Kirsten draaide weer een rondje om haar as. 'Maar nu eerst de spelregels! Alle meiden op één na doen mee. Vrijwillig, niemand is onder druk gezet! Reny is er niet, er zijn dus twaalf meiden die strijden om de titel.'

Lieke was intussen de kring ingestapt met een grote wedstrijdbeker in haar handen. Die hield ze omhoog. 'Deze is voor de winnaar van vanavond!' riep ze uit.

'Wauw! Zo, hé, wat een ding! Super!' De meiden klapten en joelden, de jongens deden voorzichtig mee.

Kirsten nam weer het woord: 'We hebben vijf presentaties voor de pauze en vijf na de pauze, er zijn twee koppels die samenwerken. En jullie, jongens, zijn de jury. Hierbij benoem ik Adriaan tot hoofd van de jury. En Asha, zou jij alsjeblieft ook jurylid willen zijn? Jij hebt al meer verstand van jongens dan wij en een deskundige vrouwelijke inbreng in de jurering vonden we wel aardig.'

Asha knikte. 'Lijkt me leuk!'

Adriaan vroeg wat de andere jongens ook wilden weten: 'En hoe moeten wij beoordelen?'

'Net als bij Idols, man!' riep Ido. 'We gaan lekker met een zuur gezicht iedereen afkraken!'

'Nee, Ido, er wordt niet gekraakt,' zei Kirsten streng. 'Jullie mogen punten weggeven. Wie de meeste punten heeft, heeft gewonnen.'

'Hoeveel punten dan? Hoe? Wanneer? Aan wie?' De vragen buitelden over elkaar heen en Kirsten moest wachten tot het weer stil was. Terwijl Anne potloden en blaadjes uitdeelde, zei ze: 'Op dat papier staan de namen van de deelneemsters en hun acts. Aan het einde van alle presentaties geven jullie drie meiden punten. Drie punten voor de beste, twee punten voor wie je dan het beste vindt, en één punt voor nummer drie. Je bepaalt dus zelf je nummer één, twee en drie. Adriaan gaat daarna alle punten oplezen, wij houden een score bij en de winnaar rolt er vanzelf uit... Degene met de meeste punten!'

Ik kill even al die beestjes

Anita, die als eerste aan de beurt was, stond in het midden van de kring. Ze was net zo roze gekleed als alle andere meiden.

Ze zei: 'Jullie mogen mij de schuld geven van het feit dat de meiden nu roze en de jongens blauw dragen. Het is een heel oud onderscheid. Bij mijn geboorte kregen mijn ouders allemaal roze felicitatiekaarten en strooiden ze roze muisjes op de beschuiten. Bij jullie geboorte, jongens, waren de kaarten en de muisjes blauw! Jullie hadden als baby vast ook meer blauw aan. Natuurlijk ook wel andere kleuren, maar in ieder geval géén roze. En de meiden hebben als baby ongetwijfeld wél roze gedragen. Ik ga vertellen waarom blauw een jongenskleur is en waarom jongens nooit kiezen voor roze. Want hebben jullie ooit een jongen gezien met een roze agenda?'

'Maar homo's hebben wel roze!' riep Ido erdoorheen.

'Ja,' zei Anita, 'dat zul jij vast wel weten! Nou, luister.'

Toen hield ze een verhaal over vroeger, toen men blijer was met een jongen dan met een meisje. Hij zou immers de achternaam van de familie doorgeven en kon zijn vader opvolgen in het bedrijf. Maar je mócht niet blij zijn, want daar kwamen de boze geesten op af. Met blauw, de kleur van de hemel, kon je een pasgeboren zoon beschermen. 'Maar waar de kleur roze vandaan komt, weet niemand,' voegde Anita nog toe. 'Maar jullie, jongens, kan vanavond niets gebeuren!'

112

Een hele geruststelling, dacht Sam, maar of dit verhaal nou zo veel zei over hoe jongens zijn? Dan was Annes verhaal veel leuker. Ze was ook in het roze en had zich vanavond mooi opgemaakt. Dat had hij nog nooit bij haar gezien. Het stond haar goed.

'Dat jongens en meiden van elkaar verschillen, kan iedereen zien,' begon Anne. 'En in deze kamer is het al helemaal niet moeilijk. Bij biologie hebben we gehoord waarom die verschillen er zijn – anders zou de mens uitsterven. Maar weten jullie dat jongens compleet andere wezens zijn dan wij?' Anne wees op het roze rondom haar. 'En dan heb ik het niet over borsten en piemels.'

Natuurlijk moest iedereen even lachen. Anne ging onverstoorbaar verder. 'In de puberteit krijgen jongens véél meer haar dan wij! Op hun kin, op hun benen, op hun borst! Ik moet er niet aan denken! Wij krijgen meer vet en bredere heupen, terwijl jongens meer spierweefsel krijgen. Dat is wel oneerlijk, toch? Hun schouders worden breder, zodat het lijkt of hun heupen smaller worden. Daarom zakken hun broeken altijd af...'

Opnieuw gelach. Daarna maakte Anne een beweging met haar handen van laag naar hoog, tot boven haar hoofd. 'Groeien doen we allemaal,' ging ze verder, 'maar in de puberteit ineens veel sneller. Dat is de groeispurt. Bij ons begint die groeispurt als we elf, twaalf jaar zijn. Bij jongens pas als ze een jaar of dertien, veertien zijn. Jongens zijn gewoon laatbloeiers... Bij ons begint de puberteit ook eerder! Wij liggen op dit moment één à twee jaar voor op jongens!'

Nu moest Anne toch even wachten voor ze verder kon gaan. Boegeroep én gejuich vulden de kamer.

'Maar!' riep ze erdoorheen. 'Jongens hebben zestien procent meer hersencellen!'

113

Nu juichten de jongens. Ido en Bas keken rond met een blik van: zie je wel? Hebben we toch altijd gezegd?!

'Dat betekent niet,' Anne keek die twee aan, 'dat jongens slimmer zijn. Vroeger dacht men van wel. Hoe groter je hoofd, hoe slimmer. Maar de hersens van jongens en meiden werken verschillend. Daarom zijn jongens beter in wiskunde en met ruimtelijk inzicht. En meisjes zijn beter in taal. Jongens zijn ook minder goed in gevoelens uiten en ook dat heeft met een stukje onderontwikkelde hersens te maken.'

Anne ratelde aan één stuk door. 'Dat zie je ook aan de manier waarop jongens ruziemaken. Meiden maken ruzie met woorden, jongens slaan erop los! Ach, jongens gedragen zich gewoon anders. Kijk maar bij ons in de klas: jongens zijn veel drukker, stoeien meer, willen zich heel erg bewijzen, maken overal een wedstrijd van!'

De jongens juichten. Adriaan merkte op: 'Dat doen jullie nu ook!'

Anne grijnsde. 'Een-nul voor jou,' zei ze. 'Maar eh... jongens kunnen er niks aan doen, hoor. Ze hebben veel meer testosteron dan wij. Dat is een hormoon, en dat zit in je lichaam, errug chemisch spul is dat, en dat zorgt ervoor dat je lichaam verandert tijdens de puberteit, maar het maakt jongens ook agressiever. Ennnn...' besloot ze met nadruk, 'dat ze interesse krijgen in meisjes! Jongens denken ineens héél véél aan seks!'

De jongens begonnen te brullen en stampten met hun voeten. Anne kreeg een daverend applaus. Ze boog en maakte plaats voor Esma. Die nam haar stoel mee het vloerkleed op en ging erop zitten. Ze sloeg haar benen over elkaar en begon.

'Ik wil het met jullie hebben over het gedrag van jongens.

Dat is zó anders dan bij meiden! Anne heeft al het een en ander verteld. Ik laat jullie de verschillen zíén!'

Ze legde haar beide handen op haar bovenbenen en zei: 'Zo zit een meisje, altijd haar benen bij elkaar.' Daarna zakte ze onderuit en met haar benen wijd zei ze: 'En zo zitten jongens.'

Er werd gelachen. Esma stond op en haalde een behoorlijk groot formaat handspiegel tevoorschijn. 'Wil jij die even vasthouden?' vroeg ze aan Anne. Daarna draaide ze voor die spiegel heen en weer. Ze kamde netjes haar haar en legde elke krul op z'n plek. Steeds bracht ze haar gezicht even dichter bij de spiegel. Ze bekeek zich van alle kanten. 'En jongens?' vroeg ze. 'Een jongen voor de spiegel?' Ze haalde haar hand door haar haar en was klaar.

Nu kreeg ze niet alleen de lachers op haar hand, er werd ook geprotesteerd.

'Jongens zijn ook ijdel, hoor!'

'Ja, dan ken jij mijn broer niet! Die staat uren voor de spiegel.'

Maar Esma trok zich er niets van aan. Ze was al met het volgende verschil bezig: hoe jongens lopen en hoe meiden lopen, hoe jongens elkaar begroeten en hoe meiden dat doen. Het leverde herkenbare toneelstukjes op.

Daarna kwamen Lieke en haar vader in actie. De beamer werd aangezet en het scherm in het midden van de kamer geplaatst. Sam was benieuwd wat Lieke van haar powerpoint-presentatie had gemaakt.

'Kan iedereen het zien?' vroeg Lieke. Haar moeder trok de gordijnen dicht zodat het licht gedempt werd en toen kon ze starten. Lieke zelf hoefde niet veel te doen, haar werk was al gedaan. Op het scherm kwam voorbij wat Lieke over jongens wilde vertellen. Ze had het mooi gedaan:

kleurrijk, met verschillen letters die van alle kanten over het scherm zwermden en met veel foto's.

Het begon met de vraag: *Waar houden jongens van?* Het antwoord *meisjes* was voorzien van veel verschillende meisjesgezichten. Van trutjes tot sportieve meiden en van vrolijk lachende tot chagrijnig kijkende gezichten.

Nieuwe letters kwamen van boven naar beneden gevallen: *Waarvan nog meer?* Sam zag dat Lieke er antwoorden aan toe had gevoegd. Er stond niet alleen *voetbal, games* en *sport*, maar ook *vissen, actie en geweld, sciencefiction.* Steeds met grappige plaatjes erbij.

Sam zag vervolgens bekende onderwerpen met zíjn antwoorden voorbijkomen, opgeleukt met de foto's die Lieke de afgelopen tijd van de jongens uit de klas had gemaakt. Het leverde veel hilariteit op, steeds als de jongens zichzelf herkenden. Ze had Ido en Bas betrapt op een vechthouding, Daan die verveeld op een bankje op het plein hing, en Boyan met een fanatieke blik in zijn ogen achter de computer. Het feit dat jongens niet van winkelen houden had ze uitgewerkt in een stripachtige fotoreportage van Kirsten met een onbekende jongen.

'Dat is mijn neef!' riep Lieke toen de jongens haar vroegen wie dat was. Eén vraag was compleet nieuw voor Sam: *Wat voor ondergoed dragen jongens?* Volgens Lieke waren dat boxershorts. Ze had er van de dure merken een aantal afgebeeld: Björn Borg, Armani, Hugo Boss. Tot slot kwam de vraag hoe je een jongen kon versieren. Nu stond Liekes neef opnieuw afgebeeld met allemaal slingers om zijn hals, armen en benen. Hij keek er heel verleidelijk bij. Lieke lachte van oor tot oor toen de klas luidruchtig begon te fluiten, roepen en klappen. Leuk gedaan!

Na Lieke kwamen Jacolien en Amarins naar voren. Zij

namen hun stoelen mee en gingen er naast elkaar op zitten. Ze legden hun handen op hun knieën en keken strak voor zich uit, met een haast holle blik. Zo begonnen ze tegen elkaar te praten.

'Jongens houden niet van poppen,' zei Jacolien.

'Nee,' zei Amarins. 'Ze hoeven ook niet te oefenen voor later, want kinderen opvoeden is iets voor meisjes.'

De klas lachte.

'Jongens houden van computeren!' zei Amarins nu op een triomfantelijke toon.

'Ja, jongens houden van gamen. Weet je hoe ze dat doen?' vroeg Jacolien.

'Dat doen ze zo!' antwoordde Amarins.

Ineens kwam er leven in de meiden. Snel trokken ze hun roze bloesjes uit. Allebei hadden ze een blauw hemd eronder. Ze gingen weer zitten, trokken in de lucht de omtrek van een computer en legden hun vingers op een denkbeeldig toetsenbord. Nog steeds keken ze met wezenloze blik naar voren, maar hun vingers waren druk bezig het spel te spelen, en om de beurt zeiden ze iets:

'Ik kill even al die beestjes.'

'We moeten er nog zes killen!'

'Maar we mogen maar twee keer dood.'

'Je moet snel zijn, er komt zo'n groot beest.'

'En die spin die krijgt geen damage.'

'Fok, hij blijft in z'n net vastzitten.'

'Hé, ga dood!'

'Dit is superkut, die moet ik aanvallen.'

'Ga je ook nog boompjes omhakken?'

'Chill, zie je dat? Drieduizend heb ik er.'

'Ik wil goud, jongen, zwaar irritant vind ik dat.'

'Waarom ben jij timmerman?'

'Ik ga fokking huisjes maken.'

'Ik heb vier goud nodig om settlers te kopen.'

'Nee, niet mijn tomahawk...!'

'Ik heb meer dan twee keer zo weinig damage, mijn leger wordt helemaal ingemaakt!'

'Ik heb cavallerie nodig, changing tactics!'

'Mijn explorer heeft 34 wonden gehad.'

'Het kostte honderd resources!'

'Ik moet mannetjes zoeken.'

'Upgraden kost tachtig.'

'Die ge-up-grade van mij killt ze in één schot!'

'Ik ben al dood!'

'Weet je hoeveel damage die doet?'

'Ik had meer levens.'

'Dan knock je hem out of combat.'

'Als ik iemand kill, wil ik de experience hebben...'

En zo gingen ze door. Er werd hard om gelachen. De jongens knikten met hun hoofden vanwege de herkenning. Die meiden speelden goed, het fanatisme en de spanning in hun stemmen waren bijna echt, vond Sam. Ook zij kregen een overdonderend applaus.

hotspot on boys

Het was pauze. Lieke nodigde iedereen uit iets te eten en drinken te halen. Nu was het folie weggehaald en allerlei lekkers kwam tevoorschijn: blokjes kaas met ananas, stukjes worst, komkommer en tomaatjes, allerlei toastjes, zakjes popcorn, bakken vol chips.

Lieke en Kirsten stonden achter de tafel en schonken fris in. Sam liep naar de tuin, waar het blauw zich weer verzamelde om te praten over wat ze gezien hadden. De meiden kwamen nu ook buiten staan. Jacolien en Amarins vertelden grijnzend dat ze Jacoliens broer met zijn vrienden achter de computer hadden afgeluisterd.

Lang duurde de pauze niet. Na een kwartier werden ze weer binnen geroepen voor het vervolg. Frances was aan de beurt. Zij verdween naar de gang om met een paspop weer tevoorschijn te komen, een jongenspaspop. Ook had ze een grote weekendtas klaarstaan, die ze naar zich toe trok.

'Hai,' begon ze. 'Dit is Adam. Hij is een jongen. Als hij bloot is, kun je dat zien.' Frances wees naar het kruis van Adam, waar alleen maar een heuveltje zat. 'Eigenlijk lijkt dit nergens naar. Bij echte jongens is dat anders. Is er misschien iemand die dat wil demonstreren?' Grijnzend keek ze de kring rond, maar er meldde zich geen vrijwilliger.

'O, jammer,' zei Frances. 'Nou, dan moet ik het maar met hem doen. Naakt zien alle jongens er ongeveer hetzelfde uit. Maar aangekleed kun je onderscheid maken in verschillende soorten jongens. Ik zal jullie laten zien welke. Aan zijn kleren herken je hem.'

In rap tempo kleedde ze de paspop aan en uit. Achter elkaar liet ze een paar types zien: een nerd, een sporter, een macho, een hiphopper, een gabber, een gothic. Ze vertelde er iets bij. Het was grappig, maar meer ook niet.

Na Frances was Hayat aan de beurt. Ook zij gebruikte het scherm, maar dan voor een fotopresentatie.

'Ik wil jullie wat vertellen over Marokkaanse jongens. Ik dacht, de andere meiden doen het over Hollandse jongens, maar Marokkaanse jongens zijn anders. Dat heeft met onze cultuur te maken.' Ze keek de kring rond. 'Nederlandse kinderen hebben veel vrijheid. Er wordt met hen onderhandeld over regels of vakantie, bijvoorbeeld. Bij ons moet je gehoorzaam zijn. Het geloof speelt een belangrijke rol bij onze opvoeding. De vrouwen voeden de kinderen op, de mannen zijn het gezinshoofd. Van de jongens wordt verwacht dat zij dat later ook zullen zijn. Mijn broers hebben daarom iets te zeggen over mij en mijn zusje! Er zijn strenge regels wat wij wel en niet mogen. Maar mijn broers hebben veel meer vrijheid. Ik mag bijvoorbeeld geen vriendje, en al helemaal geen Hollands vriendje. Wij moeten wachten tot ons huwelijk. Van mijn broers wordt het wel zo'n beetje goedgevonden dat zij een vriendinnetje hebben.'

Dat riep reacties op. Kirsten zei: 'Echt? En houd jij je daaraan?'

En Katja riep uit: 'Je kunt het toch stiekem doen?'

Hayat schudde haar hoofd. 'Dan gaan ze wel klikken aan mijn vader. En geen enkele Marokkaanse jongen wil dan nog met mij trouwen.'

'Nou, dan niet, hoor!' vond Katja.

Maar Hayat zei: 'Ik wil wel trouwen, later. Ik vind het zelf ook belangrijk dat ik wacht.'

'Maar waarom mogen je broers dan wel?' vroeg Kirsten. 'Dat is toch oneerlijk?'

Hayat knikte. 'Ja, eigenlijk wel. Maar zij hebben nu eenmaal meer rechten dan wij.'

De hele klas luisterde geboeid. Hayat kon goed vertellen over de gebruiken bij haar thuis en hoe verschillend de jongens en meisjes werden opgevoed. Ze had er mooie foto's bij. Het was leuk om wat meer te weten over haar cultuur, vond Sam. Hoe weinig wist hij van wat hij nu hoorde!

Daarna was hij aan de beurt! Hij zag hoe Kirsten de voorbereidingen trof: ze zette een kruk in het midden, pakte een standaard waar een echte toneelspot aan hing, sloot die aan en richtte hem op de kruk.

Daarna zei ze: 'Mijn act heet "Hotspot on boys". Ik wil álles van ze weten!' Toen keek ze de jongens een voor een aan, die weer wat ongemakkelijk op hun stoelen heen en weer schoven. Alsof ze hem nu pas uitkoos, zei Kirsten: 'Sam! Wil jij even op de kruk gaan zitten? Als ik iets meer over jongens wil weten, wat is er dan logischer dan vragen stellen aan een jongen? Zij zijn deskundige! Ik haal mijn kennis bij jou weg en word zo boyoloog!'

Sam deed of hij even nadacht, en knikte toen. 'Oké.' Hij stond op en ging op de kruk zitten, in de spotlight. Het licht voelde warm aan en maakte dat hij niet veel meer zag van de klas. En dat was maar goed ook, want sommige antwoorden waren niet gemakkelijk om uit te spreken en de klas was het misschien ook niet altijd met hem eens.

Kirsten, die net buiten de lichtcirkel stond, zei: 'Ik ga jullie via Sam vertellen hoe jongens zijn. Daar gaat-ie! Sam, eerste vraag: waarom zijn jongens altijd zo luidruchtig?'

Sam deed of hij nadacht. 'Jongens hebben heel veel energie, die moeten ze kwijt.'

'Waarom doen jongens altijd zo stoer?'

'Ze willen indruk maken op meisjes. Ze willen elkaar aftroeven.'

'Waarom willen jongens toch altijd baas boven baas?' was Kirstens volgende vraag.

Nu krabde Sam op zijn achterhoofd. Toen knikte hij, zogenaamd opgetogen over het gevonden antwoord: 'Macht! Jongens vinden dat lekker.'

Kirsten deed of ze er even over nadacht en knikte toen ook. 'En waarom mogen jongens niet huilen?' ging ze verder.

'Dat is niet cool. Jongens moeten flink zijn.'

'Meen je dat echt?'

Ja dag! Dat was niet de afspraak! Kirsten had dan wel info bij hem weg willen halen, maar het moest niet te veel over Sam gaan, had ze gezegd, maar juist over jongens in het algemeen. En hij was dus geen jongen in het algemeen. Dan had ze Thom maar moeten vragen...

Nee, geen tijd om in gedachten te blijven. Sam zei snel: 'Nee. Maar heel veel mensen vinden dat. Mensen én jongens. En ik moest dat van jou zeggen!'

De klas lachte. Een paar jongens klapten. Nu begrepen ze dat het doorgestoken kaart was! Kirsten lachte mee en ging toen verder. Tot nu toe waren het vragen die Sam met Kirsten had doorgesproken. Ineens kwamen er heel andere: 'Hoe erg vinden jullie het als een meisje te kleine borsten heeft of een te dikke kont?'

Sam begon te lachen. Jeetje zeg, wat een vraag! 'Minder erg dan jullie denken,' zei hij. Dat vond hij een slim antwoord van zichzelf, dacht hij tevreden.

'Waarom vinden jongens het moeilijk om over gevoelens te praten?'

Daar had Anne het net ook over gehad. Wat had zij ook alweer gezegd? Sam wist het niet meer. Langzaam, naar woorden zoekend, antwoordde hij: 'Dan ben je... kwetsbaar. Dat willen we niet. Dat past niet zo bij jongens.'

Thom en Daan begonnen te klappen. De andere jongens deden mee. Was dat goed gezegd? Kennelijk.

'En waarom,' ging Kirsten door, 'zijn jullie altijd zo bang om voor mietje te worden uitgemaakt?'

Nou ja zeg! Wat moest hij daar nou weer op verzinnen? Die vraag had Thom beter kunnen beantwoorden. 'Eh... Omdat we liever stoer overkomen! Als mietje kun je het wel schudden.'

Dat leverde een nieuw applaus op van de jongens.

Kirsten gebaarde ongeduldig dat ze dat niet moesten doen. Ze wilde door: 'Als ik een jongetje een stok geef, wordt het een geweer. Pauw! Pauw! Jij bent lekker dood! Als ik een meisje een stok geef, kan het van alles worden, maar ook gewoon een stok blijven. Kun je dat verklaren? Van die jongen dan.'

Sam vroeg zich af wat hij hierop moest zeggen. Het was waar, maar waarom? 'Typisch jongensspel, toch? Jongens houden van schietspellen.'

Kirsten ging gelukkig weer verder. 'Mee eens of niet mee eens? Geweld is stoer en mannelijk.'

'Niet mee eens.'

'Waarom spelen zo veel jongens dan dat soort games? Meisjes hebben er een hekel aan.'

Sam probeerde het maar: 'Het zit in hun genen, kwestie van biologie. Eeuwenlang hebben mannen dat gedaan, oorlog voeren en zo.'

'En in deze tijd, de jongens van nu?'

'Die hoeven het niet in het echt! Als ze het kunnen spelen, zijn ze tevreden.'

Nu zette Kirsten er vaart in.

'Mee eens of niet mee eens: gevoelig en onzeker zijn is niet stoer.'

'Zal wel,' zei Sam. 'Maar jongens zijn net zo goed onzeker over dingen als meiden.'

'Denken jongens echt altijd aan seks?'

Er werd gelachen. Sam moest even wachten voor hij kon antwoorden: 'Niet altijd.'

'Waarom maken ze er dan wel altijd grappen over?'

'Gewoon, voor de kick. Daar kun je mee scoren. En we scheppen graag op.'

'Wat is een natte droom? Wij willen daar graag iets meer van weten!'

Deze vraag was wel weer voorbereid. Sam slikte. Daar ging-ie: 'Jongens krijgen vaak een stijve 's nachts. Maar soms droom je. Als je nu heel lekker droomt, kan het gebeuren dat je een zaadlozing krijgt. Zomaar spontaan.'

Dat leverde hem applaus op.

Kirsten kwam nu gelukkig met: 'Laatste vraag: waarover zijn jongens het meest onzeker?'

Sam aarzelde niet: 'Of-ie wel groot genoeg is.'

Daarop zei Kirsten: 'En dan kan ik je geruststellen: hij is altijd groot genoeg!'

De spot ging uit en Kirsten riep: 'Dat was Hotspot on boys!'

Ze kregen een luid applaus. Maar Sam kreeg ook commentaar van de jongens toen hij weer op zijn stoel ging zitten: 'Jij wist hiervan! Je had wel eens iets mogen zeggen!'

Sam grijnsde maar wat.

piemels

'Kijk, nog zo'n gluiperd!' riep Thom uit toen ze zagen hoe Daan opstond, zijn elektrische gitaar uit de hoes haalde en die op de versterker aansloot.

Maar Daan grijnsde naar Thom en zei: 'Ik weet van niks. Alleen dat ik Lara moet begeleiden bij een lied, maar wat ze gaat zingen, weet ik niet! We hebben geoefend met hum thum thum.'

Lara ging in het midden staan. 'Het is mijn beurt en ik ga een lied voor jullie zingen: het testosteronlied!'

Kirsten deed het spotje aan waar Sam net in had gezeten en zo stonden Lara en Daan samen in het licht. Lara keek Daan aan. Toen telde ze zacht: 'Een twee drie, een twee drie.'

Daan begon te spelen en Lara zette in.

Testosteron testosteron maakt hem een man
met spieren en schaamhaar, de baard in de keel.
Testosteron testosteron maakt hem een man
met puisten en kloten en zaadjes heel veel,
met puisten en kloten en zaadjes heel veel.

Lara keek al zingend de jongens om de beurt aan. Bij de herhaling ging de melodie omhoog. Wat een prachtige stem heeft ze toch, dacht Sam.

Testosteron testosteron, geil wordt hij dan,
hij denkt aan haar borsten, hij denkt aan haar lijf.
Testosteron testosteron, geil wordt hij dan,
zijn libido groter, wat wordt-ie al stijf!
Zijn libido groter, wat wordt-ie al stijf!

Dat laatste zinnetje zong Lara met extra nadruk en Sam moest grijnzen om haar gezichtsuitdrukking. Wat libido was, kon Sam wel raden. De klas lachte om de tekst, sommige meiden gilden, een deel van de jongens zat te kijken of het hun persoonlijk niet aanging en anderen knikten juist trots. Ido wees op zichzelf en Bas draaide met zijn ogen. Er gingen ook heel wat blikken heen en weer tussen de jongens en de meiden om te zien hoe de anderen reageerden.

Daan speelde een stukje alleen en toen zette Lara het derde couplet in.

Testosteron testosteron, wild als 't maar kan!
Dus meisjes pas op hoor, hij is nu een man.
Testosteron testosteron, wild als 't maar kan!
Agressie en seks, ja, hij kan er wat van!
Agressie en seks, ja, hij kan er wat van!

Weer knikten sommige jongens alsof het om hun prestaties ging. De meiden zongen het woord testosteron zacht mee. Daan zette de melodie nog één keer in en Lara herhaalde het laatste couplet. Nu zong bijna iedereen mee. Toen het afgelopen was, werden ook Daan en Lara uitbundig toegejuicht.

Als laatsten waren Christa en Katja aan de beurt. Zij hadden elk een spiekbriefje in hun hand. Ze gingen op het kleed staan, en zeiden tegen elkaar: 'Oké, daar gaat-ie!' En vervolgens samen tegen het publiek: 'Alles wat je altijd al over piemels wilde weten!'

'Piemels?' vroeg Christa aan Katja. Maar dat viel zowat weg in het oorverdovende lawaai van het publiek.

Katja moest even wachten voor ze kon antwoorden: 'Nou ja, ik wil ook wel penis zeggen. Maar dat klinkt zo... Nou ja, stom!'

'Ik weet wat dat woord betekent. Jij?'

'Ja, dat weet ik ook. Het is Latijn en betekent "staart". Tweeduizend jaar geleden betekende penis "penseel, kwast". Een ding om mee te verven dus. En omdat het wel een beetje lijkt op eh...'

'Je mag ook mannelijk lid zeggen,' zei Christa. 'Want daar hebben we het over.'

'Wauw!' riep Ido er dwars doorheen. 'Goed onderwerp!'

Katja keek even op haar spiekbriefje en ging verder: 'Een paar weetjes. Slap zijn ze tussen de vier en tien centimeter, stijf tussen de twaalf en zeventien.'

Deze mededeling lokte bij de jongens commentaar uit: 'Hè? Hoe weten jullie dat? Hebben jullie onderzoek gedaan? Wie hebben jullie opgemeten?'

Ook Christa ging onverstoorbaar door: 'Dat komt door de zwellichamen. Die vullen zich met bloed en dan gaat-ie – hop! – rechtop.'

Er werd gelachen, natuurlijk. Iemand floot. Een paar jongens keken wat verlegen. Sam zag dat Lieke met open mond zat te luisteren. Thom, naast hem, genoot duidelijk van al deze verhalen.

Toen het weer wat stiller was, kon Katja doorgaan: 'Nou, rechtop. Ze staan altijd wat scheef... Het ene zwellichaam is meestal wat langer dan het andere.'

'Ballen hangen ook scheef, wist je dat? De linker hangt vaak lager dan de rechter. Anders knallen ze steeds tegen elkaar bij het lopen. En het is al zo'n kwetsbaar zaakje.'
Nu vonden een paar jongens het nodig om te kermen. Dat je op die plek pijn kon hebben, wisten ze maar al te goed.

Katja keek even vol medeleven naar de kermende jongens en Christa zei: 'In die ballen worden zaadcellen gemaakt, duizenden per seconden, de hele dag door. Vermoeiend hoor.'

'Als jongens klaarkomen,' vertelde Katja, 'spuiten er in één keer 40 tot 160 miljoen zaadcellen uit.'

'Zo veel?!' Kirsten was helemaal verbaasd.

Andere meiden vielen haar bij. 'Wauw!' riepen Anne en Lara, ook vol bewondering.

'Ja,' zei Christa, 'met een snelheid van veertig kilometer per uur!'

'Dat duurt vier seconden, dan is het voorbij,' vulde Katja aan.

'Gemiddeld komen mannen 7200 keer klaar in hun leven.'

'Dat is 55 liter sperma!'

'55 liter zaad, dus.'

Zo gingen ze maar door, zonder een spier te vertrekken. Ze hadden wel lef, vond Sam. Hoe vaak moesten ze dit wel niet geoefend hebben zonder de slappe lach te krijgen?

Christa zei: 'Jongens krijgen een stijve als ze een lekker meisje zien.'

'Maar soms ook zomaar, als ze een spreekbeurt moeten houden, bijvoorbeeld.'

'Lullig!'

'En 's nachts hebben jongens ook een stijve!'

'Wel zes keer. Even kijken of hij het nog doet! En 's ochtends vroeg staan ze ermee op.'

'Niks aan te doen!'

'Nou ja...' Christa rekte de woorden uit. Ze schudde bedenkelijk met haar hoofd, alsof ze het niet met Katja eens was. Op vrolijke toon ging ze verder: 'In de negentiende en tot ver in de twintigste eeuw mocht je er niet aankomen.'

Katja bevestigde dit: 'Je zou heel dom worden van masturberen, en je piemel kon ervan afvallen, zeiden ze toen. Of je ging eerder dood.'

Weer gelach. Vooral de meiden kwamen bijna niet meer bij. Christa en Katja vertelden nog over hoe het vroeger was bij andere volkeren. Dat het Polynesische volk eraan ging trekken om hem zo lang mogelijk te maken. En ze vertelden over de mannen aan het Chinese hof die de harem moesten bewaken: hun hele zaakje ging eraf om te voorkomen dat ze zin kregen in die vrouwen. En dat ze vroeger in de kerk bij jonge jongens hun ballen eraf knipten. Zo kregen ze geen baard in de keel en bleven hun stemmen als die van engeltjes.

Niet alleen Sam, de hele klas gruwde ervan. Maar ze vertelden ook over piemelfeesten in Griekenland en over de piemelverering in Japan. Natuurlijk riep Ido dat ze dat hier ook maar moesten instellen. Iedereen lag dubbel.

Katja besloot met het laatste verhaal: 'In het oude Rome wilden de vrouwen allemaal een beeld van een god met een beweegbare piemel in huis hebben!'

Ook zij kregen een groot applaus. En daarmee waren de verkiezingen ten einde.

De beste boyoloog

Ze hadden allemaal weer iets te eten en te drinken gepakt. Ondertussen hadden de jongens kunnen nadenken wie ze punten zouden geven. Nu zochten ze een plek in de kamer of in de tuin om dat op te schrijven. De meiden drentelden wat rond. 'Kies voor mij! Kies voor mij!' riepen er een paar. Of: 'Geef mij drie punten!'

Sam aarzelde. Hij vond verschillende acts leuk. Maar wie nu het meeste over jongens wist? Verschillende meiden hadden één onderwerp gekozen. En ging het dan niet meer om welke act hij het leukst vond? Uiteindelijk gaf hij Amarins en Jacolien voor het gamen één punt, Lieke voor haar powerpoint twee punten en Kirsten drie. Of kon hij dat niet maken? Nou ja, zijn naam stond er niet onder. Hij aarzelde nog of hij punten moest geven aan Christa en Katja. Dat was toch ook erg leuk gedaan. Of aan Hayat of Anne, zij wisten tenslotte heel veel te vertellen. Of Lara met haar grappige lied, maar dan kon hij geen punten aan Amarins en Jacolien geven. Lastig hoor! Uiteindelijk liet hij het zo.

Onverwacht kwam Thom bij Sam staan. 'Dus dit was het, wat de meiden deden!' zei hij.

'Ja.'

'Meer niet? Hier blijft het bij?'

'Volgens mij wel.'

'Had je dat niet kunnen zeggen?' Het klonk niet venijnig, zoals eerst, eerder teleurgesteld.

'Ik had beloofd dat ik niets zou zeggen. Ik vind dat je je daaraan moet houden als je iets belooft.'

'Ja,' zei Thom ineens, 'daar heb je wel gelijk in.' Hij knikte en ging verder: 'Ik heb heel veel gehoord over hoe jongens zijn...'

Wat bedoelde hij daarmee? Sam wilde ernaar vragen, maar kreeg de kans niet. Ze werden naar binnen geroepen, hun briefjes gaven ze aan Adriaan. Opnieuw gingen ze op de rij stoelen zitten en Lieke en Adriaan namen plaats bij de computer. Het scherm stond weer in het midden en Kirsten verzocht om stilte.

'Het uur van de waarheid is gekomen! Wie is de beste boyoloog? Meneer de juryvoorzitter, mag ik u het woord geven?'

'Nee wacht,' riep Lieke. 'De beker!'

Haar vader kwam er al mee aanzetten. De kruk waarop Sam had gezeten, werd weer in het midden gezet en daarop kwam nu de beker te staan, met het spotlicht erop.

Op het scherm verscheen nu een lijst met namen van alle deelneemsters. Adriaan vouwde de papiertjes open en las de punten voor, Lieke ging met de cursor naar de namen om de scores erachter te zetten.

'Eén punt voor Lieke met haar powerpoint-presentatie; twee punten voor Kirstens Hotspot on boys; het gamen van Jacolien en Amarins krijgt drie punten!'

'Het testosteronlied van Lara: één punt; de piemels van Katja en Christa: twee punten; Jacolien en Amarins: drie punten!'

'Eén punt voor Christa en Katja, twee punten gaan naar het gamen en nu krijgt Kirsten drie punten!'

Steeds barstte er gejoel en gejuich los. Het was direct duidelijk dat Amarins en Jacolien de koppositie innamen.

Maar de act van Kirsten scoorde ook goed. Sam voelde zich helemaal trots worden steeds als zij punten kreeg. Op een gegeven moment stond ze vlak achter Amarins en Jacolien.

Adriaan bleef zijn rol serieus spelen. 'We maken de tussenstand op,' zei hij. 'Op de derde plaats staan Christa en Katja. Maar het is een bedreigde derde plek, Lieke staat vlak achter haar! Op nummer twee staat nu Kirsten en de leiding is in handen van Jacolien en Amarins. Maar nummer één is nog lang niet zeker van de overwinning! Kirsten doet een serieuze greep naar de titel met maar één punt achterstand. Zal zij het redden of blijven Jacolien en Amarins op kop? We gaan de laatste punten tellen!'

Langzaam vouwde hij de laatste briefjes open.

'Hier staat... één punt te vergeven aan... Jacolien en Amarins! En dan... geeft dit jurylid twéé punten voorrrr... verrassend of niet, Christa en Katja! En de drie punten, de maximale drie punten, gaan naar Hotspot on boys! Dames en heren, Kirsten staat nu op de eerste plaats!'

Alle ogen waren op het scherm gericht. Lieke voegde de punten toe. Adriaan ging verder. 'Het op één na laatste briefje! Met daarop de punten... Eén punt voor de piemels, twee punten voor... Kirsten! En drie voorrr... Jacolien en Amarins! Ze staan gelijk! Ze staan gelijk! O, wat is dit spannend!'

Dat vond iedereen. De klas applaudisseerde, joelde, juichte.

'Dames en heren, nu wordt het écht spannend.' Adriaan ging heel zacht praten en het werd doodstil. 'Nu vallen de beslissende punten. We hebben nog één jurybriefje te gaan. Zijn we er klaar voor? Lieke, jij ook? Is je muis bibbervast? Daar gaat-ie! Eén punt is voorrr... Katja en Christa!'

Ze juichten, de meiden werden op hun schouders geslagen, maar al gauw was de aandacht weer voor Adriaan.

'De twee punten zijn voorrrrrr....' Weer rolde de r van Adriaan door de huiskamer. 'Kirsten!'

En daarmee stond Kirsten nú bovenaan! Sam voelde de zenuwen in zijn maag. Ze had gewonnen als die drie punten niet voor de gamende meiden waren.

Gespannen wachtte Sam tot Adriaan vond dat het tijd werd voor de onthulling van nummer één. 'En drie punten gaan naarrrr...' Adriaan fluisterde bijna, maar riep toen triomfantelijk: 'Jacolien en Amarins!'

De meiden werden bestormd door hun klasgenoten. Stralend namen ze de felicitaties in ontvangst. Te midden van het tumult dat losbarstte, pakte Lieke de beker op en gaf die aan Adriaan. Het duurde even voor het stil was en hij wat kon zeggen.

'Ik vond jullie allemaal geweldige boyologen, maar deze beker is voor jullie samen! Amarins en Jacolien, gefeliciteerd! Jullie twee hebben de titel "beste boyoloog" samen verdiend! En anders waren jullie wel de leukste boyologen! Alsjeblieft!'

Het zoveelste applaus vulde de kamer en zij hielden de beker triomfantelijk omhoog. 'Kijk,' zeiden ze tegen elkaar. 'Het staat er echt op: Beste Boyoloog.'

Toen het applaus wegstierf, ging Adriaan verder. 'Geen prijs, maar wel een eervolle vermelding én een luid applaus graag voor de nummers twee en drie: Kirsten, en Katja en Christa!'

Daarna begon Lieke met haar handen te wapperen. 'Ik wil nog wat zeggen! Ik heb een verrassing! Er is ook een troostprijs! Maar voor ik die weggeef, wil ik eerst Adriaan en de rest van de jury heel hartelijk bedanken. Jury, een applaus voor jezelf!'

Natuurlijk maakten de jongens zo veel mogelijk lawaai. De meiden klapten mee. Sam zag dat Liekes ouders hun oren afschermden tegen deze herrie.

Het duurde even voor Lieke verder kon praten: 'Dus! De troostprijs! We hebben vanavond gezien dat we al heel wat weten over jongens. Maar we weten ook nog heel veel niet. En weten de jongens wel genoeg over óns?'

Weer merkte Sam dat deze woorden onrust opriepen onder de jongens. Ze keken elkaar aan met een blik van: wat krijgen we nu?

'Dus hebben we het volgende besloten: ik mag jullie allemaal meenemen naar een plek in Nederland waar je álles te weten kunt komen over hoe jongens en meiden zijn. En... over de puberteit. Want ik kan er niets anders van maken: de verschillen tussen jongens en meiden en de interesse in elkaar wordt alleen maar gestuurd door onze hormonen. En waar kun je alles leren over hormonen? In Amsterdam, bij Nemo om precies te zijn, waar een tentoonstelling is ingericht over de wetenschap achter de puberteit. We gaan met z'n allen een dagje naar Amsterdam, mijn vader betaalt!'

Wauw! Dat was nog eens een mooie troostprijs, al was die naam misschien misleidend geweest. De klas klapte en schreeuwde dat ze het een geweldig plan vonden. Lieke en haar ouders werden bestormd met vragen als wanneer? Hoe gaan we erheen? Wie gaan er mee?

'Dat moeten we allemaal nog regelen,' zei Lieke. 'Maar we gaan ergens in de laatste schoolweek, nog voor we het rapport ophalen. Dan zijn we al vrij. Jullie horen ervan! Nu hebben we eerst disco!'

Sam ging eerst naar Kirsten om haar te feliciteren met haar tweede plek.

'Dankzij jou!' riep Kirsten en gaf een zoen op zijn beide wangen.

De stoelen werden opgeruimd, Boyan zorgde voor muziek, en de klas ging dansen. Sam ook. Lekker vrij dansen. Hij vond het altijd heerlijk om dat te doen. Iedereen danste met iedereen en was uitgelaten vrolijk. De sfeer zat er goed in!

En deze groep ging hij verlaten! Zijn keus naar de vooropleiding te gaan, had een andere kant. Dat besef kwam nu plotseling snoeihard boven. Wat moest hij veel achterlaten! Zijn klas, zijn vrienden...

Sam kreeg het warm. Hij pakte wat te drinken en te eten en liep de tuin in. Straks wilde hij weer dansen, nu even niet. Thom kwam opnieuw zomaar uit zichzelf bij hem staan, een glas cola in zijn handen.

'Herkende jij jezelf erin, in wat je Kirsten vertelde?' vroeg hij.

Sam lachte. 'Nee, niet echt.'

'Waarom zei je die dingen dan?'

'Alleen daarmee was Kirsten tevreden.'

'Maar zo'n jongen ben jij niet. Stoer en macho, de baas willen spelen.'

Sam keek Thom aan. 'En jij ook niet!'

Thom dacht even na. 'Dé jongen in het algemeen, waar jij het over had, bestaat niet.'

'Nee, natuurlijk niet,' zei Sam. 'Er bestaan alleen heel veel verschillende jongens. Eigenlijk had Frances met haar paspopjongens moeten winnen!'

'Jongens mogen anders zijn, toch?' Thoms stem klonk aarzelend.

'Tuurlijk. Ik vind van wel. Iedereen heeft het recht anders te zijn.'

'Dus ik mag anders zijn,' zei Thom. Hij wachtte even, liet erop volgen: 'En ik mag anders zijn dan jij.'

'Ja.'

Thom dronk zijn cola op en zweeg. Net toen Sam dacht dat hij niets meer hierover zou zeggen, vroeg hij: 'Kun jij accepteren dat ik anders ben?'

Sam had de neiging om direct *Tuurlijk!* te roepen, maar Thom keek hem zó indringend aan, dat hij wist dat Thom er meer mee bedoelde.

'Doe ik dat niet?'

Aarzelend zei Thom: 'Ik weet niet. Ik denk soms van niet. Jij wilt zo vreselijk graag dat ik meega naar de vooropleiding. Als ik jou nu vertel dat ik de laatste tijd best heb zitten twijfelen of ik niet toch...'

Thom was nog niet uitgesproken, maar Sams hart sprong op bij deze woorden. Zou het? Ging Thom misschien toch mee?

Thom glimlachte een beetje scheef. 'Ik zie aan je wat je denkt: gaat hij toch mee naar de vooropleiding? Je wilt nu natuurlijk zeggen dat het misschien nog wel kan!'

Sam wilde zijn mond al opendoen, maar hield zich in en dacht na. Had Thom gelijk?

'Ik zal het wel moeten accepteren, hè, dat je niet meegaat?' zei hij. 'Ik moet daar misschien meer mijn best voor doen.'

'Ik vind het leuk hier.' Thom wees met een armgebaar naar hun klasgenoten in de tuin en zij die binnen aan het dansen waren. 'We hebben een leuke klas, we doen leuke dingen, ik vind onze school leuk. Ik moet er niet aan denken bij vreemden in huis te wonen. Ik dans lekker veel uren per week, ik leer er een hoop...' Thom staarde eventjes voor zich uit voor hij verderging: 'Intussen loop ik rond met het idee: had ik niet toch mee moeten doen aan die auditie... Straks word jij een betere danser dan ik.'

Sam wist niet wat hij hierop moest zeggen. Nee, het is niet waar? Natuurlijk was dat waar! Hij kreeg een betere opleiding, zou meer uren per week gaan trainen.

Thom zei: 'Maar dat zal ík moeten accepteren als ik hier blijf.'

Sam keek hem vragend aan. Was dit definitief?

'Maar ik ben nog niet zover,' zei Thom en hij liep naar binnen.

elke dag hutspot

Maandag praatte de klas uitgebreid na. De jongens en de meiden zaten in de pauzes bij elkaar en de jongens herhaalden keer op keer dat ze het een superleuke avond hadden gevonden. Maar ze zeiden ook heel eerlijk: 'We waren wel bang dat jullie ons zouden terugpakken.'

De meiden proestten het uit. 'O, geweldig! Die is goed!'

Het verhaal van de verkiezingen ging de hele school rond. Ze werden er zelfs over aangesproken door vijfdeklassers die erover hadden gehoord van Asha en Adriaan. Mevrouw Scheltema liet hen het derde uur ook uitgebreid vertellen en Kirsten meldde 's middags de klas dat haar was gevraagd een verslag te schrijven voor de schoolkrant.

'Maar jullie hebben toch geen geld meer?' merkte Lieke op.

'Daarom moeten we nog wel een nieuwe schoolkrant maken.'

's Middags fietste Sam weer alleen naar huis. Omdat de printer thuis stuk was, bleef Thom in de mediatheek zitten werken om zijn spreekbeurt voor te bereiden.

Aan het eind van de middag kwam hij thuis. Opgewonden stormde hij Sams kamer binnen.

'Ik weet wie het gedaan heeft!' riep hij. 'Hij was aan het jatten. Ik heb hem gezien!'

Sam keek op van zijn huiswerk. 'Hè?' Had hij het goed verstaan? 'Jatten? Wie?'

Met zijn jas nog aan ging Thom op Sams bed zitten. 'Ik was dus in de mediatheek. Ik zocht afbeeldingen op internet en ik kon niets vinden, en toen heb ik eens in die boeken daar gekeken en toen kwam ik mooie plaatjes tegen. Nou, ik kopiëren, maar toen deed dat ding het niet. Bij de administratie staat ook een kopieerapparaat, je weet wel. Ik daarheen. Daar stond Boyan. Hij brak het kluisje open waar je het geld in moet gooien als je een kopie maakt!'

'Hè?' Sam kon het amper geloven. 'En wat zei hij toen hij jou zag?'

'Niets, hij zag mij niet...' Thom trok een gezicht. 'Ik had hem natuurlijk moeten vragen wat hij aan het doen was, maar ik wist op dat moment niet goed... Ik wilde met jou overleggen. Wat moeten we doen?'

Als de aanleiding niet zo triest was, zou Sam blij zijn met dit gebaar. Maar nu was hij vooral bezorgd. 'Nou ja, die Boyan! Maar waarom? En heeft hij de klas dan ook bestolen?'

'Dat weet ik toch niet?' Geërgerd haalde Thom zijn schouders op.

En mij misschien, ging met een schok door Sam heen. Nee... dát weigerde hij te geloven! 'En hij en Daan moesten uitzoeken wie dat gedaan heeft!' riep Sam uit.

'Daarom schoot het ook niet echt op met hun onderzoek...' Thom sloeg met zijn vuist op Sams dekbed. 'Ik wil hem niet verraden, maar wat hij doet, kan niet.'

'We moeten maar met hem gaan praten,' zei Sam. 'Zeggen dat jij hem hebt gezien en dan gewoon maar vragen waarom hij dat deed. Die jongen zit in de problemen, dat kan niet anders! Dan moeten we hem helpen!'

Thom knikte. 'Kom, we gaan meteen naar hem toe.'

Maar het was etenstijd, ze konden nu niet weg. Na het

eten fietsten ze samen naar Boyans huis. Sam was nog nooit in deze buurt geweest. Het was een oude stadswijk, met smalle straten en kleine huizen die er verveloos en triest bij stonden. Sommige waren onbewoonbaar, de ramen ervan waren dichtgetimmerd. Overal op straat lag troep. Wat een armoede, dacht Sam geschrokken. Je zult hier maar wonen!

Hij wist al van Thom dat Boyan een klein huis had, maar dat het zó erg was, daarvan had hij geen idee. Hij snapte ook onmiddellijk waarom Boyan geen ziekenbezoek had willen hebben. Als je zo woonde, wilde je niet dat je klasgenoten dat zagen!

Het pand waar Boyan woonde, was niet veel breder dan de deur en twee smalle ramen. Een ervan hing scheef en waarschijnlijk tochtte het binnen. De verf hing er in troosteloze bladders bij en er zaten gaten in het verrotte hout. Welke kleur ooit op de deur had gezeten, was onduidelijk. De bel deed het niet, maar toen Thom op het raam klopte, deed Boyan open.

'Hé, kom erin.' Boyan hield de deur verder open.

De gang lag vol troep: kleren, schoenen, dozen, Boyans fiets. Sam snoof en rook een muffe, onaangename geur. In de kamer stonk het naar rook. Het was ook daar vol met spullen, maar Sam had ook nog nooit zo'n kleine kamer gezien. Meer dan een bank, een tafeltje, één stoel en een tv stond er niet. Erachter, tegen de bank aangeschoven, stond een kleine eettafel met maar twee stoelen. Daarachter waren dichte schuifdeuren.

'Sorry voor de rotzooi,' zei Boyan.

Sam en Thom gingen naast elkaar op de bank zitten.

'Wat drinken?'

Boyan liep weg en kwam terug met een goedkope fles cola en drie glazen. Hij schonk in en ging op de stoel zitten. Hij grijnsde verontschuldigend naar Sam. Die voelde zich helemaal niet op zijn gemak. Hij keek zijn broer aan.

Thom zei: 'Ik heb je gezien vanmiddag op school.'

Boyan pakte zijn glas op en dronk het in één keer leeg. Daarna zette hij met een klap het glas op het tafeltje. Hij keek Thom aan, wat bleker dan zonet, leek het.

'Bij het kopieerapparaat, bedoel ik,' zei Thom er voor de zekerheid achteraan.

Boyan sloeg zijn ogen neer. Het bleef een tijdje akelig stil in het kleine huisje. Sam keek naar Boyan, die zijn glas weer oppakte en heen en weer rolde tussen zijn handen. Heel langzaam kleurden zijn wangen rood.

Thom schraapte zijn keel. 'Als je problemen hebt, Boyan, willen wij je graag helpen.'

Boyan keek op. Hij slikte een paar keer en zei: 'Ik heb geldproblemen.'

Sam snapte het onmiddellijk: de diefstallen. Dus toch!

Heel zacht zei Boyan: 'Ik weet hoe je zo'n ding open moet maken. Een jongen uit de straat heeft me wat trucjes geleerd. Ik dacht dat er niemand meer op school zou zijn, het was al laat.'

Sam zocht koortsachtig naar iets om te zeggen. Het leek zo lullig om aan te komen met: maar Boyan, dat mag toch niet. Sam keek weer naar Thom.

'Je had wel wat van ons kunnen lenen,' zei Thom.

Sam voegde eraan toe: 'Daar ben je vrienden voor.'

Boyan grijnsde. 'Ik heb veel meer geld nodig.'

Zijn stem klonk mat, moe. Zo zag hij er nu ook uit. Ineens verbaasde dat Sam niet meer. Als je zo moest wonen!

'Waarvoor dan?' vroeg Sam.

'De schade aan de auto's, je-weet-wel, moet ik zelf betalen.'

'Echt waar?' Thom floot tussen zijn tanden. 'Dat zal inderdaad best veel zijn.'

Thom leek te begrijpen wat Boyan bedoelde, maar Sam snapte er niets van. 'Dit volg ik even niet,' zei hij.

Boyan legde het uit. 'We hadden immers de auto's van de leraren bekrast, Ido en ik. Thom en Daan waren daarbij, en nog een paar. Wie durft?! Weet je nog? Ido hoefde niets te betalen, omdat zijn ouders daarvoor verzekerd zijn. Hij zei dat schade aan anderen veroorzaakt door kinderen wordt vergoed, ook al is het opzet. Was hij veertien geweest, dan had hij het zelf moeten betalen. Maar omdat je bij kinderen nooit precies kunt zeggen of iets opzet of een ongeluk was, zijn zijn ouders aansprakelijk gesteld. Dus betaalde de verzekering.'

'Ben jij dan al veertien?' vroeg Sam verbaasd aan Boyan.

'Nee,' zei hij zacht. 'Wij zijn niet verzekerd.'

'Och...' Langzaam drong tot Sam door wat Boyan had meegemaakt. 'Vandaar...' zei hij.

'Maar... maar...' zei Thom aarzelend. 'Hoe kom je aan dat geld? Het moet een enorm bedrag zijn, al was het een klein klotekrasje...'

'Bij elkaar gestolen...' Boyan fluisterde bijna. 'Ik mag nog geen baantje, en met klusjes doen kom ik er niet op tijd.'

'Dus jij was het toch...' zei Thom. 'Van onze klas! Man! Waar zit je verstand? Ben je gek geworden?'

Ook Sam voelde zich kwaad worden. Dat doe je toch niet?! Van je klasgenoten! Maar toen zag hij het grauwe gezicht van Boyan, en de armoede, en voelde hij ook medelijden.

Boyan schudde zijn hoofd. 'Niet alleen van onze klas, ik heb ook van anderen gestolen... Toen met dat brandalarm... Van die gelegenheid móést ik wel gebruikmaken.'

Geld, mp3-spelers, i-pods. Een vriend verkocht die spullen voor mij. Het geld moet voor 1 juni betaald worden. Met het geld van de schoolkrant erbij, was ik er bijna.'

Boyans gezicht vertrok in een soort grimas. Het leek nog het meest of hij pijn had. Sam zag dat Boyans lip trilde, toen hij zei: 'Ik heb zelfs van jullie gestolen. Van jou en van Thom. Ik dacht... een vriendendienst. Ik zou het jullie later terug hebben betaald.'

Thom sloeg met zijn vuist op zijn knie. Hij wilde opstaan – wilde hij Boyan aanvallen of wilde hij weglopen? – maar Sam trok hem aan zijn arm weer terug op de bank. Hij zag dat Boyan bang was. Hij had ontzettend met zijn vriend te doen. Dat ze dit al die tijd niet hadden geweten! Wat voor leven leidde die jongen eigenlijk in dit sombere huis?

Sam keek nog eens om zich heen. En waar was zijn moeder, en zijn vader?

'En waarom moet je de schade zelf betalen? Kunnen je ouders het niet betalen?'

'Mijn moeder heeft geen geld, bovendien vond ze dat ik er zelf voor moest opdraaien.'

'En je vader?'

'Ik weet niet waar hij is. Ik ken hem niet eens.'

Dus nog zo'n afwezige vader! Net als zij zelf hadden! Het kwam dus vaker voor. In een flits dacht Sam aan zijn eigen vader, die ervandoor was gegaan vlak nadat Thom en hij geboren waren. 'Schrok zich rot van ons!' zeiden Thom en hij vaak als grapje. Veel meer contact dan een kaartje zo nu en dan hadden ze niet.

Maar zij hadden Alex. Alex was een heel goede nepvader, zoals ze hem plagend noemden. En Boyan... Boyan had... Boyan had niet veel zo te zien. En nog geldproblemen ook.

Ineens schaamde Sam zich heel erg. Dan noem je zo iemand je vriend en dan weet je dat niet van elkaar. Was hij niet veel te veel met zichzelf bezig geweest, met het dansen, met zijn toekomst? Al die tijd was er een jongen in zijn buurt geweest met gigantische problemen. De meiden mochten dan verzinnen dat ze meer over jongens wilden weten, hij kon ook wel zoiets beginnen! Niet leer alles over jongens, maar ken je vrienden! Of hadden ze meer met elkaar moeten praten? Maar jongens waren niet van die praters, zoals meiden.

Het was even stil gebleven, alle drie verzonken in hun eigen gedachten.

'Wat gaan jullie nu doen?' vroeg Boyan.

Ze keken elkaar aan. 'Jou helpen,' zei Sam. 'Al weet ik nog niet hoe.'

'Moeten we het de klas vertellen?' vroeg Thom zich hardop af. 'Of school?'

'Alsjeblieft niet!' smeekte Boyan. 'Dan krijg ik gevangenisstraf!'

'Dat gaat heus niet zomaar,' zei Sam. 'Als wij een plan bedenken... Heb je het geld nog? Je zou iedereen terug kunnen betalen, dat maakt het al minder erg. Ik hoef het niet terug.'

Thom zei onmiddellijk: 'Ik ook niet.'

'Hoe moet ik die auto dan betalen?' vroeg Boyan benauwd. 'Kan ik niet gewoon...'

'Nee,' zei Thom beslist. 'Je moet het teruggeven.'

'We verzinnen wel iets,' zei Sam. 'We gaan gewoon met z'n allen geld verdienen of zo.'

Ze bleven nog een uurtje zitten praten, maar een oplossing hadden ze niet. Thom kwam met het idee Adriaan om raad te vragen. Dat wilde Boyan wel.

Op de fiets terug naar huis zei Sam tegen Thom: 'Wist jij dat Boyan het zo arm had?'

'Ja.'

'Dit is echt pure armoede.'

'Ja, maar Boyan heeft Daan en mij laten zweren niets persoonlijks over hem aan wie dan ook te vertellen. Ook niet aan jou. Maar goed, nu weet je het.'

'En wist jij dat van zijn vader?' was Sams volgende vraag.

'Ook,' zei Thom, 'Boyan heeft het een keer verteld.'

'En zijn moeder? Wat doet die eigenlijk?'

'Ik weet niet precies. Iets in de nachtverpleging of zo. Want overdag slaapt ze. Daar achter die schuifdeuren is haar slaapkamer, Boyan heeft boven nog een piepklein slaapkamertje.'

Het was wel duidelijk dat Thom meer wist over Boyan dan Sam ooit had geweten. Even ging er een steek door Sam heen en hij beet op zijn lip. Dat zou alleen maar erger worden, dacht hij ineens. Volgend jaar zou er zo veel zijn waar hij niets van wist.

Thom vertelde nu ook dat Boyan thuis veel moest doen. 'Hij kookt, hij doet de boodschappen. Maar soms is er geen geld en dan valt er niks te koken.'

Sam schrok. 'Eten ze dan niks?'

'Dan eten ze brood. Of elke dag hutspot.'

Toen ze thuiskwamen en de tuin vol bloemen zagen en hun eigen grote huis binnen gingen, zei Sam: 'Dat je zó moet leven... In zo'n klein, benauwd huis.'

Wat een ellende bestond er toch! Wat hadden zij het dan goed!

een goed plan

De volgende dag was Boyan niet op school. Sam en Thom sms'ten naar Boyan, die antwoordde dat hij ziek was. Was dat echt waar of durfde hij niet naar school te komen?

Sam en Thom hadden alles aan Daan verteld en met zijn drieën zochten ze in de kleine pauze Adriaan op om hem om raad te vragen. Adriaan was geschokt en had ook met Boyan te doen.

'Jullie moeten dit aan de schoolleiding vertellen, jongens! Dat kan niet anders. Het is sneu voor Boyan, maar zoiets kan niet onbestraft blijven. Daarnaast kunnen jullie best proberen iets voor hem te doen, al weet ik niet zo gauw wat. Praat eerst maar met mevrouw Scheltema, die weet vast beter dan ik wat er moet gebeuren.'

Ze wilden het eigenlijk niet, maar zagen wel in dat het niet anders kon. 'Boyans thuissituatie is vast een verzachtende omstandigheid,' zei Adriaan nog. 'Zo heet dat toch?'

Sam, Thom en Daan knikten. Dat dachten ze ook.

Met zijn drieën zochten ze aan het einde van de dag hun mentor op. Mevrouw Scheltema liet hen helemaal uitpraten en zei toen: 'Zo, dat is niet mis. Ik ben blij dat jullie me dit zijn komen vertellen.'

'Wat gebeurt er nu met Boyan?' vroeg Thom.

'De schoolleiding moet beslissen of dit een zaak voor de politie is,' antwoordde hun mentor.

Daar schrokken de jongens van. Ze keken elkaar aan.

Sam wist dat Thom nu hetzelfde dacht: hadden we niet beter kunnen zwijgen? Sam voelde zich al schuldig. Nog meer problemen voor Boyan!

'Maar als hij nou alles terugbetaalt,' zei Daan, 'hoeft het dan niet?'

Mevrouw Scheltema zei: 'Hij had al spullen verkocht, vertelden jullie net... En stel je voor dat we allemaal onze geldproblemen zo zouden oplossen...'

De jongens knikten, dat was waar.

'Stelen mag niet, hoe moeilijk je het ook hebt. Maar als ik goed naar jullie heb geluisterd, heeft Boyan meer problemen. Het klinkt alsof hij verwaarloosd wordt. Ik ga hem thuis opzoeken en kijken wat we voor hem kunnen doen.'

Sam was onder de indruk van haar ernst.

'Ik geloof dat het heel goed is dat jullie bij mij zijn gekomen,' ging ze verder. 'Anders wisten wij niet van Boyans problemen af.'

Sam knikte opgelucht. Er zou dus meer gebeuren dan straf alleen! Boyan zou hulp krijgen. Dat was fijn, maar...

'Wat vertellen we de klas?' vroeg Thom.

Mevrouw Scheltema keek hen om de beurt aan. 'Ik denk dat we eerlijk moeten zijn.'

'Boyan was het, van de diefstallen,' zei Thom de volgende ochtend onder Engels.

'Hè? Boyan? Echt waar? Dus toch!'

Iedereen riep door elkaar. Het duurde even voor ze Boyans verhaal konden vertellen. Sam, Thom en Daan stonden voor de klas en vulden elkaar aan. Uitvoerig vertelden ze over zijn huis.

'Een troep daar in huis!'

'En helemaal niet gezellig.'

'Pure armoede!'

En de klas begreep: 'Geen wonder dat Boyan niet wilde dat we bij hem kwamen toen hij ziek was.'

Thom eindigde met het verhaal dat Boyan niet verzekerd was. 'Daarom had hij dus dringend geld nodig,' besloot hij. De reacties waren verschillend. Allerlei emoties kwamen boven. Ze praatten dwars door elkaar heen. 'Och, die arme Boyan.'

'Wat een problemen, zeg!'

'Dat is zo, maar je mag dan toch niet gaan jatten.'

'Nee, het valt niet goed te praten, natuurlijk.'

'En ik ben nog steeds kwaad over mijn vulpen.'

'En ik over mijn mp3.'

'Maar ik snap het ook wel weer!'

'Nou, ik niet!'

'En een baantje dan? Had hij niet kunnen gaan werken?'

'Daar moet je ouder voor zijn! Met een beetje autowassen verdien je geen reet!'

'Hij moet zich wanhopig hebben gevoeld, anders doe je zoiets niet.'

Ze waren kwaad, maar uiteindelijk voelden ze allemaal óók medelijden met Boyan. Bovendien wilden ze weten wat er nu met hun klasgenoot zou gebeuren.

Mevrouw Scheltema vertelde dat de schoolleiding de politie had ingelicht. 'Dat moest wel, jongens,' zei ze. 'Boyan was al eens geschorst vanwege vandalisme. Bovendien hadden een paar van jullie aangifte gedaan van de gestolen spullen.'

Sam keek naar zijn klasgenoten. Hij zag Arjan en Christa knikken.

'Maar er wordt rekening gehouden met het feit dat Boyan het thuis moeilijk heeft,' voegde mevrouw Scheltema eraan toe. 'En ze zullen onderzoeken of er goed voor hem wordt gezorgd. Zoals jullie misschien weten, gaat zoiets lang duren.' Bij die laatste woorden keek ze vooral Sam, Thom en Daan aan.

'Kunnen we niet iets voor hem doen?' zei Lara.

'Ja,' riep Lieke. 'We moeten iets voor Boyan doen!'

En Kirsten riep uit: 'We gaan actie voeren! We kunnen toch wel geld inzamelen?'

Sam glimlachte. Daarop hadden ze al gehoopt, want ze hadden dat met z'n drieën ook al gedacht: Boyan moest nog steeds die rekening van de garage betalen.

Thom zei, ook met een lach: 'Dat dachten wij ook al. Willen jullie meedoen?'

'Natuurlijk!' riepen ze allemaal. 'Maar hoe?'

Allerlei ideeën kwamen voorbij, van een collecte tot een sponsorloop.

'Wil hij dit wel, dat wij iets voor hem doen?' vroeg Anne ineens.

Thom zei: 'Ik denk het wel. Als hij dan de schade van die auto's zelf kan betalen omdat wij geld voor hem inzamelen, ziet het er al veel beter voor hem uit.'

'Maar hij heeft jullie dus ook bestolen!' riep Lara ineens uit. 'Zijn eigen vrienden!'

Sam haalde zijn schouders op. Hij zag dat Thom hetzelfde deed. Hij kon zich daar niet meer druk om maken.

'We zullen wel nooit echt snappen hoe jongens in elkaar zitten,' zei Lieke met een zucht.

'Maar dit heeft niets met jongen-zijn te maken!' vond Lara.

Toen begon Kirsten te gillen. 'Ik wéét het! Ik wéét het!'

Iedereen keek haar aan. Met glinsterende ogen zei ze: 'Onze verkiezingen, waren die leuk of waren die niet leuk?'

149

Uiteraard brulde iedereen: 'Leuk natuurlijk!'

'Als we er nou een show van maken en we treden op voor de hele school! Want dat was het toch bijna, iedereen had er een leuke act van gemaakt. We hoeven niet meer te stemmen of zo, maar we zorgen voor de leukste optredens en we vragen geld aan iedereen die wil komen kijken!'

Druk praatten ze door elkaar. Maar ze waren het met elkaar eens: het was een goed plan.

Mevrouw Scheltema was ook enthousiast. Ze stelde voor hun actie tijdens de projectweek te doen, dan konden ze ruimte op school krijgen voor de show, die de meiden prompt omdoopten tot de Boys-show. En de slogan waarmee ze reclame gingen maken, stond ook al vast: *Bezoek de Big Boys-show en word ook Boyoloog!*

'Maar dat is te laat,' merkte Sam op. 'Boyan moet het geld voor 1 juni betaald hebben.'

Lieke wist een oplossing. 'Mijn vader wil het vast wel voorschieten,' zei ze.

Als er nu maar heel veel mensen kwamen kijken, zouden ze Boyan pas echt kunnen helpen. In de loop van de week werkten ze hun plannen beter uit. Het voelde goed met z'n allen iets voor Boyan te kunnen doen.

In de loop van diezelfde week werd Sam steeds zenuwachtiger. En Thom net zo goed, merkte hij. De voorstelling van de jeugdopleiding Dans kwam in zicht. Ze moesten optreden! Sam was het niet vergeten, al leidde dat gedoe rond Boyan wel af. De hele week al bespraken Thom en hij de problemen van Boyan.

Samen waren ze woensdagmiddag na school naar Boyan gegaan. Weer had Thom op de deur geklopt, weer had Boyan hen alleen ontvangen. Alleen kregen ze nu niets te drinken. Thom en hij hadden wat mee moeten nemen, dacht Sam terwijl hij weer op de bank plofte, wat cola en koeken en chips en zo. Dat kreeg Boyan natuurlijk bijna nooit. Of zouden ze hem ermee beledigen? Dat moest hij met Thom overleggen, of ze op die manier Boyan niet ook wat konden helpen. Misschien kon hij af en toe bij hen thuis mee-eten. Dan kreeg hij tenminste een paar keer een goede warme maaltijd.

'De klas weet het,' had Thom zonder inleiding gezegd. 'Ze zijn niet meer boos en we gaan je helpen.' Thom vertelde alles, ook wat mevrouw Scheltema had gezegd. Dat wist Boyan voor een deel al, want er was vandaag iemand van school langs geweest, samen met een politieagent. Boyan praatte er heel rustig over. Gek, vond Sam, Boyan was niet bang of zo, hij was alleen maar ontzettend opgelucht geweest. Sam had zijn vriend nooit eerder zo uitbundig zien grijnzen. En morgen zou hij weer naar school komen, had hij gezegd.

's Avonds, met verschillende gevulde pannen en schalen op een vrolijk gedekte tafel, voelde Sam zich rijk en gelukkig. Hij keek Thom aan. Thom keek hem aan. Ze glimlachten naar elkaar. Sam realiseerde zich plotseling dat de sfeer tussen Thom en hem de hele week alweer als vroeger was. Wat was dat fijn!

Ineens was het er weer: zijn toekomst. Met welke mensen zou hij volgend jaar aan tafel zitten? Waarschijnlijk niet met Thom. Nee, maar hij zou hem wel altijd weer hier, thuis, aantreffen. Dat bleef.

Op de een of andere manier was de lucht tussen hen opgeklaard. Sinds Boyan dus. Nee, het was op de verkiezingsavond al begonnen, dacht Sam toen hij die avond naar zijn kamer ging om huiswerk te maken. Hij was er blij om.

Een bons op zijn deur deed hem opschrikken. Thoms stem riep: 'Help je me met Frans? Ik snap iets niet.'

Dat was een tijd niet gebeurd! Thom kwam zijn kamer binnen met een boek onder zijn arm en ging op bed zitten.

Het kon nu nog! dacht Sam. 'Help jij mij dan bij die ene som van wiskunde?' vroeg hij. 'Daar kom ik niet uit.'

Na Frans en wiskunde hadden ze het als vanouds nog een hele tijd over vrijdagavond, over het optreden. Dat was goed, zo hadden ze dat altijd gedaan. Dat was een deel van de noodzakelijke voorbereiding, voor het eerst sinds lange tijd weer samen. En voor het laatst?

Ze spraken de choreografie door, hun posities op het toneel, de aanwijzingen van hun docenten, de bewegingen die vloeiender, sneller of strakker konden, hoe ze hun dans mooier konden uitvoeren. Sams kamer was eigenlijk te klein, maar ze probeerden zo goed en zo kwaad als het ging elkaar te laten zien wat ze bedoelden.

Er was alleen nog steeds één ding dat Thom niet had gezegd.

zijn passen. zijn dans. zijn passie.

Ze moesten twee uur van tevoren in het theater zijn. Sam en Thom zetten hun fietsen in de rekken opzij van het grote gebouw, pakten hun tassen van de bagagedragers en gingen op zoek naar de artiesteningang.

Net echt, vond Sam.

'Stoer, zeg!' zei Thom.

Thom was erg zenuwachtig. Meer dan anders, dacht Sam, want dit was niet hun eerste optreden. Met hun dansschool hadden ze verschillende keren opgetreden en er waren allerlei momenten geweest tijdens de trainingsuren dat ouders konden komen kijken. Maar vanavond was de allereerste keer dat ze met de dansopleiding op het podium stonden. Drie choreografieën deden ze, twee stukken modern en één klassiek. De tweede- en derdejaars dansten ook, een avondvullend programma alles bij elkaar.

Aan de zijkant van het theater, waar een lange muur zonder ramen de straat volgde, vonden ze de artiesteningang. Een heel gewone, onopvallende deur, niets spannends aan eigenlijk. Alleen het bordje 'artiesteningang' maakte duidelijk dat hier toch echt de artiesten door stapten. Sam keek even over zijn schouder of iemand hen misschien naar binnen zag gaan. Maar die paar voorbijgangers letten daar niet op...

Bij de deur stond Eva, die hun de gang met de kleedkamers wees. Zij hadden een kleine kleedkamer voor zichzelf met rechts een wandlange tafel, met spiegels en een rij lampjes eromheen en vier stoelen ervoor. Sam knipte de lampen aan. Toen zag hij de ansichtkaarten staan, die tegen de spiegels geleund stonden. Twee van dansers en twee van gekleurde vliegers tegen een blauwe hemel. Sam draaide ze om. Twee kwamen van Eva en de andere van Cissy, hun lerares klassiek, voor elk van hen. 'Toi toi toi,' stond op de ene geschreven en 'We maken er wat van! Succes!' op de andere.

Naast hen klonk het geklep en geteut van de eerstejaars meiden. Verderop in de gang zaten de tweede- en derdejaars. Ze kleedden zich om en Thom informeerde bij de meiden of zij ook al zover waren, dan konden ze met elkaar de zaal zoeken. Maar die hadden veel meer werk.

Het wachten duurde Thom kennelijk te lang, hij zei: 'Kom, we gaan vast.'

Goed idee, vond Sam. Behalve wat oefeningen om de spieren los te maken, wist hij niet goed wat te doen. Hij werd bijna jaloers op de meiden: die hadden genoeg afleiding met en door elkaar. Thom en hij samen waren niet erg spraakzaam. Thom keek Sam af en toe aan en dan had Sam het idee dat hij iets wilde zeggen, maar hij bleef zwijgen.

Het was een groot theater, met drie zalen. Zij moesten in de zaal helemaal bovenin zijn. De derdejaars waren nog met hun doorloop bezig. Plaatsbepaling, de lijnen, de posities, het uitlichten. Sam en Thom gingen zitten om te kijken. De danseressen hadden allemaal rode kleren aan, sommige strak om het lijf, andere met wapperende mouwen en wijde pijpen. Sam en Thom bleven geboeid staan kijken toen ze uiteindelijk de hele choreografie deden. Ze dansten te midden van grote neerhangende vellen van een soort doorzichtig folie, dat alle kleuren uitstraalde. Veel snelle bewegingen, die soms precies tegelijk, maar ook vlak na elkaar uitgevoerd werden. Knap hoor! En wat een danseressen! Lang, gespierd, soepel, sierlijk. Héél soepel en sierlijk. Móói dansten ze. Sam zuchtte ervan. Hij keek naar zijn broer. Wat was er met hem? Zijn blik was op het toneel gericht, maar hij was er met zijn aandacht niet bij. Sam stootte hem aan. Thom draaide zijn hoofd naar Sam, en glimlachte ineens.

Sam wist dat hij iets zou gaan zeggen, en legde snel zijn hand op Thoms mond. 'Straks,' zei hij, 'wij moeten nu!'

Inderdaad waren de meiden van het derde jaar klaar en kwam Eva het toneel op gelopen. Ze tuurde tegen het licht de zaal in en riep: 'Eerstejaars!'

Sam, Thom en de meiden, die inmiddels ook aangekomen waren, klommen het podium op. Sam voelde de ruimte. De zwarte vloer onder zijn dansschoenen, de diepte en de breedte, de rand van het toneel, de donkere gordijnen links en rechts, het nu verzwakte licht, het zicht de zaal in. Eva wees hun waar ze straks langs konden zodat ze achter het podium uitkwamen en vroeg hun de beginpositie van de eerste choreografie in te nemen.

'We lopen de choreografie door, dus alleen lopen! Kom maar naar voren. De lijnen naar voren! Groepjes maken, en dan pa-dam pa-dam achter elkaar in een lange rij. Oké, dan wissel, nu de andere rij. Let op elkaar! Joyce, jij moet hier uitkomen, Tassoula, je moet sneller, neem grotere passen, Sam, meer opzij, je bent niet te zien!'

Het ging om het aanvoelen van de grootte van het toneel, wist Sam. Weten hoe hard je moest lopen, hoeveel ruimte je had. Eva riep iets naar de belichter die er een kleur bij gooide. Licht én dans werden zo uitgeprobeerd.

'Let op!' ging Eva tegen de groep verder. 'Dit is het midden, dit witte streepje. Verdeel je goed ten opzichte van het midden. En kijk! Kijk de zaal in, Thom! Ja, mooi!'

Na de eerste choreografie trokken ze hun kostuums uit. Eronder hadden ze allemaal zwart, waarin ze de tweede choreografie moderne dans deden. Na die doorloop moesten ze plaatsmaken voor de tweedejaars. Sam en Thom gingen achter het gordijn langs, de deur achter het podium door, de trappen af, naar beneden, naar hun kleedruimte. Ze moesten zich omkleden voor klassiek.

Weer terug in de zaal moesten ze wachten tot de tweedejaars klaar waren en konden zij hun laatste choreografie doen. Gelukkig was er nog tijd om die ook helemaal echt te dansen. Sam was het meest nerveus voor klassiek.

Daarna konden ze terug naar de kleedkamer en nadat zij zich een beetje geschminkt hadden, geholpen door de meiden, kon het wachten beginnen. Iets eten, iets drinken, de spieren soepel houden en zich voorbereiden op de voorstelling.

Eva kwam langs voor de laatste peptalk en haalde Sam en Thom naar de kleedkamer van de meiden. 'Concentreer je! De dansen zitten er goed in. Het gaat goed, jullie zijn kanjers! Laat maar zien dat jullie van dans houden.'

En toen waren ze weer samen in hún kleedkamer, Thom en hij. Nog was het geen tijd. Heel in het klein ging Sam de bewegingen langs. Rond, schouder, óp en been uit. Laag in, dan lang. Val. Kijk. Rond. Hij dronk water en keek Thom aan. Die bewoog niet. Hij stond stil voor zich uit te staren, zijn gezicht ernstig, zijn blik naar binnen gekeerd. Concentratie? Thom nam ook een paar slokken water uit zijn flesje en voelde kennelijk Sams blik die op hem gericht was. Hij keek op.

'Ik blijf hier,' zei hij alleen. 'Ik weet het zeker. Ik wil hier blijven.'

Heel even stond de wereld stil. En in dat ene moment van stilte hoorde Sam de muziek in zijn hoofd opklinken van de choreografie waarmee ze straks zouden optreden. De tokkelinstrumenten, de trommels, de zang, hij hoorde ze heel duidelijk. Een stem kwam er bovenuit, tilde hem op, nam hem mee. Sams lichaam wilde al gehoorzamen aan de muziek. Zo verbonden kon je zijn als je danste. Muziek en dans. Dans en muziek. Zijn leven. Thoms leven. Hún levens.

Thom stond nog steeds naar hem te kijken, het flesje water in zijn handen. Zijn gezicht strak, gespannen.

Sam haalde diep adem. De muziek liet hem los en hij liep op Thom af, sloeg zijn armen om hem heen en drukte Thom tegen zich aan.

'Jammer,' zei hij over Thoms schouder heen.

Hij voelde Thoms vuisten op zijn rug, even maar. Daarna lieten ze elkaar los, maar hun handen bleven op elkaars schouders liggen.

'Gek van dans blijven we allebei,' zei Thom en mepte nog een keer op Sams schouder. 'Ik anders dan jij.'

Sam slikte. En nog eens. Hij wilde wat zeggen, maar kon het niet.

Nu lieten ze elkaar helemaal los.

Thom zei: 'Ik wist niet... Misschien had ik het na de voorstelling moeten zeggen.'

Sam aarzelde geen moment: 'Het is goed, ik had het al begrepen.'

'En nu gaan we er samen een mooie voorstelling van maken,' zei Thom. 'Toi toi toi.'

Thom leek opgelucht. Sam durfde te lachen. Thom lachte mee.

'Toi toi toi.'

The show must go on. Voor het laatst samen.

Even later waren ze weer op weg naar het podium. De gang uit, de trap op en nog een trap. De deur gaf toegang tot de kleine, donkere ruimte achter de coulissen. Sam zag boxen staan, snoeren, decorstukken, spots en een hoop andere spullen. Hij strengelde zijn vingers in elkaar en duwde zijn handen van zich af, de handpalmen naar buiten gericht. In één beweging tilde hij zijn handen hoog boven zijn hoofd, hij ging met zijn lichaam mee tot hij op zijn tenen stond. Daarna zakte hij door zijn knieën om een diepe plié te maken. Hij schudde zijn beenspieren los, zijn armen, zijn schouders, zijn hoofd. Hij boog zijn rechterbeen naar achter en met zijn rechterhand pakte hij zijn enkel vast om zijn voet naar zijn billen te kunnen trekken. Daarna deed hij hetzelfde met links.

Het geklets om hem heen verstomde. Iedereen bereidde zich voor, allemaal concentreerden ze zich op wat komen ging.

De muziek van de tweedejaars en het afzetten van hun voeten op de vloer kwam zijn oren binnen, maar Sam hoorde toch vooral zijn eigen muziek. Thoms stem kwam daar nog een keer doorheen. Ik blijf. Gek van dans.

Ik blijf. Zijn broer had zijn keuze gemaakt. Die moest hij respecteren, al wilde hij liever anders. Het moest. Oké, zonder Thom dan. Maar hij zou Thom vreselijk missen, dat wist hij nu al.

Gek van dans. Natuurlijk, ook dat. Hij ook! En nu moesten ze dat laten zien. Sam voelde zijn voeten, zijn heupen, het lichte op en neer gaan van zijn borstkas, de spanning. Hij haalde diep adem. Rechtte zijn schouders. Maakte zich lang. Ze waren broers. Elk een andere keus. Elk een ander leven. Maar broers bleven ze. En gek van dans! Allebei. Allebei anders.

Applaus uit de zaal gaf aan dat de tweedejaars klaar waren. Ergens in het donker aan de andere kant van de gordijnen zaten zijn moeder en Alex, maar ook Daan, Boyan, Lara, Lieke, Kirsten en Anne waren er. Ze kwamen allemaal naar Thom en hem kijken.

Sam, Thom en de veertien meiden gingen dicht op elkaar tussen de coulissen staan, hun handen verstopten ze in de wijde mouwen van de kostuums. Hijgend holden de tweedejaars af. 'Succes!' werd hun toegeroepen.

De mysterieuze klanken, zo vertrouwd dat Sams spieren precies wisten wat ze moesten doen, kwamen over het podium aangedreven. Getokkel van de snaren, de belletjes van de tamboerijn, de roffels op de trommel, de woorden zonder inhoud. Er was nu geen plek meer voor woorden, geen tijd voor gedachten. Nog één keer haalde hij diep adem vanwege de zenuwen die nog even in alle heftigheid opspeelden op het moment dat de gordijnen opengetrokken werden. Daarna zette Sam zich in beweging, als één van de zestien. Ze liepen met kleine dribbelpasjes naar voren, het ritme van hun voeten sloot zich aan als een extra dimensie bij de muziek. Hij keek strak in de richting van die donkere muur waar hij ongemerkt de blikken van het publiek moest kruisen. Nu de andere lijn, hij maakte een grote pas opzij, de rij splitste zich en ze gingen in groepjes uit elkaar om elk zijn eigen improvisaties te dansen. Sam wist dat dit er mooi uitzag. Zijn zenuwen verloor hij beetje bij beetje, zijn lijf bewoog, gevoed door de liefde voor dans.

Direct na de eerste dansten ze hun tweede choreografie, de gewaden bleven als lege omhulsels achter de coulissen liggen. De snelle tonen van de violen rolden naar Sam toe en hij gehoorzaamde. Zijn benen, zijn armen, zijn bovenlichaam, elk deel van zijn lijf, elke spier, elke cel bewoog. Rond, schouder, óp en been uit. Laag in, dan lang. Val. Kijk. Rond. Hij dacht er niet bij na, dat hoefde niet meer. Niet dat hij zijn kop verloor, nee, hij moest blijven denken aan de bewegingen en de passen van de choreografie, zijn plek op het toneel, zijn positie ten opzichte van de anderen. Maar als je je dat eigen had gemaakt, ging het wel bijna vanzelf.

Waar de vorige dans ingetogen was, kon hij op deze uitbundige muziek nog beter laten zien wat hij kon. Hij sprong, hij draaide, hij boog opzij en strekte zijn arm. Zijn spieren deden precies wat hij wilde. Hij sprong weer. Hij draaide. Hij boog. Hij vloog.

Wat was dit heerlijk om te doen! Het was een vloeiende aaneenschakeling van beweging, helemaal van hém. Zijn passen, zijn dans, zijn passie! Dit was zijn leven! Hier hield hij van! Hier en nu was hij gelukkig...

Zelfs zonder Thom... Wat hij deed en wie hij was, de grens daartussen voelde hij wegvallen. Zó wilde hij dansen. Zó wilde hij zijn. In uiterste concentratie wás hij dans. En daar ging het om.